中国古典文学二十講

概説と作品選読

まえがき

本書は、中国文学史・中国文学概説・中国古典演習・漢文講読などの授業用テキストとして編集しました。中国の古典文学を「詩」「文」「小説・戯曲」の三つのジャンルに分け、その中から主要な二十項目を選び出し、「概説」に「作品選読」を加えました。

作品に触れずに知識だけを詰め込む文学史の授業は味気ないものですし、また予備知識を持たないまま作品ばかり読んでも理解が浅くなります。本教材は、各項目の重要な事柄についての概略を解説した上で、代表的な作品を一つ二つ選んで講読するという授業形式を想定しています。

編集に当たっては、授業計画を立てやすくすることに配慮しました。各講の体裁・分量は基本的に同一にしていますので、カリキュラムに応じて計画的に授業を進めることができるであろうと思います。

概説は、原則として通説に従い、必要最小限の内容にとどめてあります。また、作品の注釈は、煩を避けるため、一々別解を挙げていません。教授者各位において、適宜補正していただきたく思います。

本書が、悠久なる中国古典文学の世界を覗き見る一助となれれば幸いです。

著者

目次

第一部　詩

第二部　文

第一部

詩

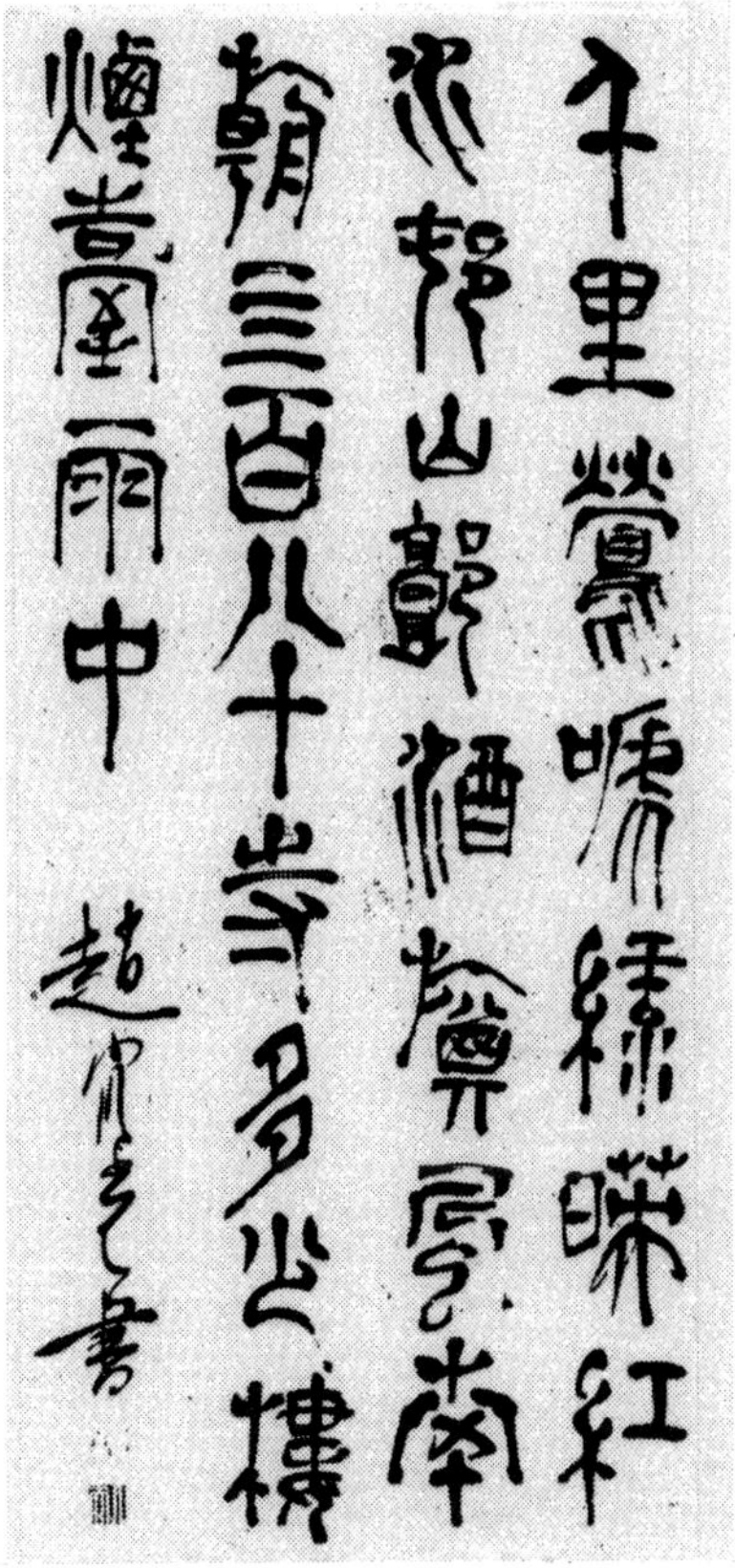

篆書「江南春」(明・趙宧光)

千里　鶯啼いて　緑　紅に映ず
水村　山郭　酒旗の風
南朝　四百八十寺
多少の楼台　煙雨の中

第一講

詩経

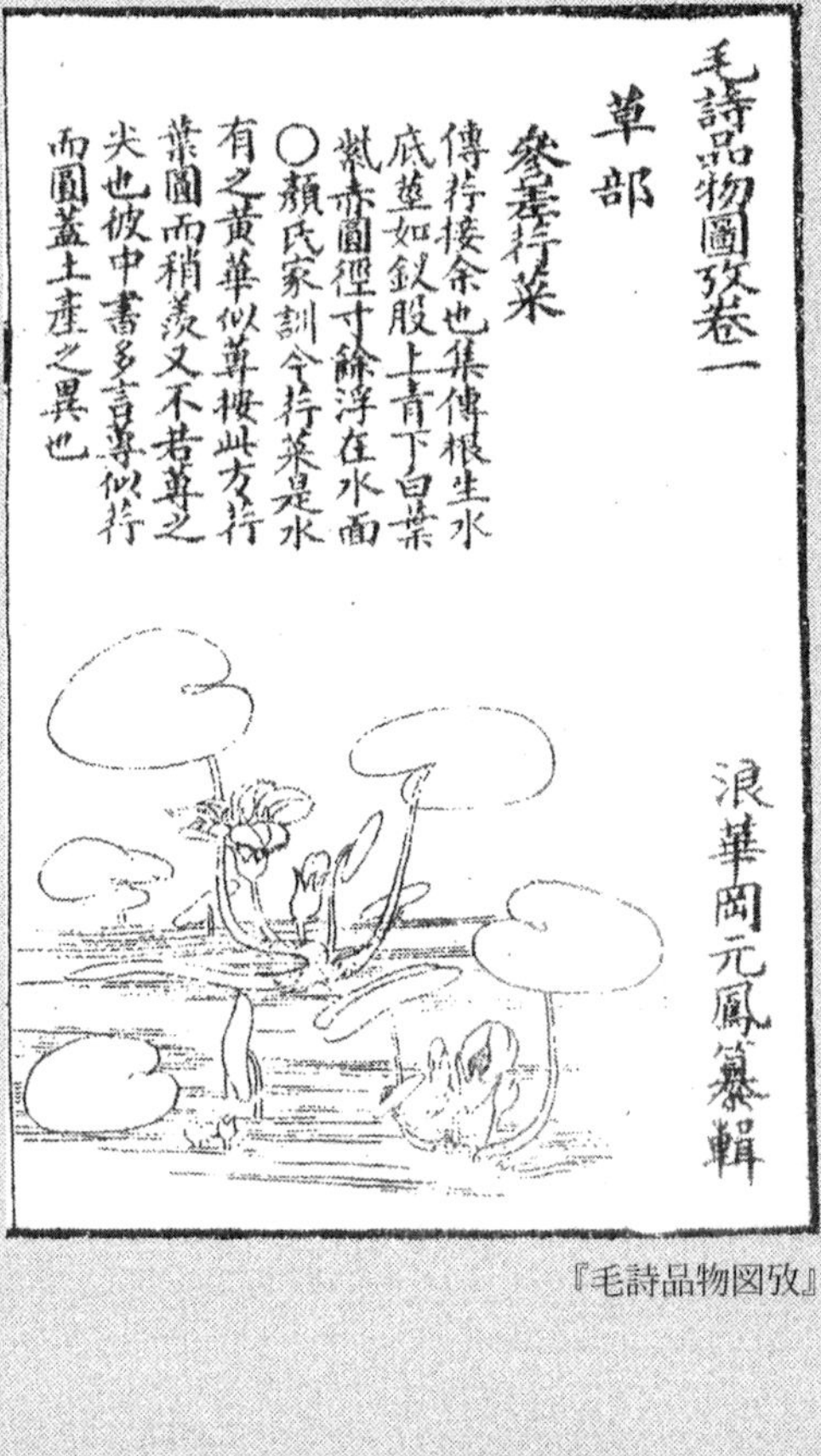
毛詩品物圖攷巻一
浪華岡元鳳纂輯
草部
參差荇菜
傳荇接余也集傳根生水
底莖如釵股上青下白葉
紫赤圓徑寸餘浮在水面
○顏氏家訓今荇菜是水
有之黄華似蓴按此方荇
葉圓而稍羨又不若蓴之
尖也彼中書多言蓴似荇
而圓蓋土產之異也

『毛詩品物図攷』

概説　詩経

中国最古の詩集『詩経《しきょう》』は、周代に北方の黄河流域を中心とする各地から集められた作者不明の詩歌三百五篇（他に題名のみのもの六篇）を収める。概ね西周初期から春秋中期まで約五百年間に及ぶ時期に歌われた作品群と推定されている。古くはただ『詩』と称したが、漢代に五経の一つに数えられるようになり、のちに『詩経』と呼ばれるようになった。

『詩経』は、「風《ふう》」「雅《が》」「頌《しょう》」の三つに大別される。「風」は、黄河流域の諸国及び地区の民謡である。周南・召南・邶《はい》・鄘《よう》・衛・王・鄭《てい》・斉・魏・唐・秦・陳・檜《かい》・曹・豳《ひん》の「十五国風」に分かれ、計百六十篇を収める。ここでは、恋愛や婚姻など男女の歌をはじめ、収穫の喜び、兵役の苦しみ、重税への怒りなど、人々の日常の生活が歌われている。いずれも黄土の大地に生きた古代民衆の哀歓を素朴な表現で伝えるものである。「雅」は、主に宮廷の饗宴における楽歌であり、「小雅」と「大雅」とに分かれ、計百五篇を収める。「頌」は、宗廟の祭祀における楽歌であり、「周頌」「魯頌」「商頌」に分かれ、計四十篇を収める。「風・雅・頌」の別については、内容や用途によって整然と分類しきれない面もあり、歌辞に伴う音楽の違いによる分類であるとする見方もある。

『詩経』の形式は、一句四言を基本とし、一篇は通常数章から成る。同じような詩句を単調に繰り返し、また畳語・畳韻・双声を多用しており、もともと歌うために作られたことを物語る。

『詩経』は、秦の焚書を経て、漢代には四種類の伝本が存在した。初めは今文系の「三家詩」（魯の申培《しんばい》が伝えた魯詩、斉の轅固《えんこ》が伝えた斉詩、燕の韓嬰《かんえい》が伝えた韓詩）が行われたが、のちに毛亨《もうこう》から毛萇《もうちょう》へ伝えられた古文系の「毛詩」が主流となるにつれ、三家詩はしだいに亡びた。

孔子はとりわけ『詩経』を尊重し、教養として『詩経』を学ぶことの大切さを『論語』の中で繰り返し説いている。それゆえ『詩経』は、後世久しく儒家思想に結びつけた道徳的解釈が伝統的に行われるようになった。毛詩では各篇のはじめに序がある。巻頭の「関雎《かんしょ》」篇には特に総論的な序（「大序」）が付されており、ここでは、詩とは人間感情の表象であり、社会や政治の状況を反映するものであると同時に、上の者が天下の人々を教化し、下の者が政治を風刺する手段であることが述べられている。以下各篇の序（「小序」）では、この大序の枠組みに沿った解釈が加えられているが、こうした道徳的、効用的解釈は、自ずと古代人の生活感情を歪めて読む方向にある。『詩経』の詩句の注釈もまた同じ態度で行われてきた。毛氏の注釈を「伝」といい、これに後漢の鄭玄《じょうげん》がより詳しい注釈である「箋」を付け、更に唐の孔穎達《くようだつ》が「毛伝」「鄭箋《ていせん》」を敷衍して解釈した「疏」を加えている。宋代に至ると、朱熹《しゅき》が『詩集伝』を著して『詩経』全編に新たな注釈（漢・唐の注を「古注」と呼ぶのに対して「新注」という）を施し、清代においては、清朝考証学の隆盛に伴って、詳密な字義の考証が行われたが、近代以前の注釈は、いずれも『詩経』を儒家の経典として扱っている点に変わりはない。近代に至ってようやく宗教学・民俗学・金石学などの方法論が導入され、経典としてではなく、古代歌謡としての詩本来の原義が明らかにされ始めている。

作品選読

碩鼠

碩鼠《せきそ》

魏風《ぎふう》

碩鼠碩鼠
無食我黍
三歳貫女
莫我肯顧
逝將去女
適彼樂土
樂土樂土
爰得我所

碩鼠《せきそ》　碩鼠《せきそ》
我《わ》が黍《きび》を食《くら》う無《な》かれ
三歳《さんさい》　女《なんじ》に貫《つか》うるも
我《われ》を肯《あえ》て顧《かえり》みること莫《な》し
逝《ちか》って将《まさ》に女《なんじ》を去《さ》り
彼《か》の楽土《らくど》に適《ゆ》かんとす
楽土《らくど》　楽土《らくど》
爰《ここ》に我《わ》が所《ところ》を得《え》ん

碩鼠碩鼠
無食我麥

碩鼠《せきそ》　碩鼠《せきそ》
我《わ》が麦《むぎ》を食《くら》う無《な》かれ

三歳貫女
莫我肯德
逝將去女
適彼樂國
樂國樂國
爰得我直

碩鼠碩鼠
無食我苗
三歳貫女
莫我肯勞
逝將去女
適彼樂郊
樂郊樂郊
誰之永號

三歳《さんさい》　女《なんじ》に貫《つか》うるも
我《われ》に肯《あえ》て徳《めぐ》むこと莫《な》し
逝《ちか》って将《まさ》に女《なんじ》を去《さ》り
彼《か》の楽国《らくこく》に適《ゆ》かんとす
楽国《らくこく》　楽国《らくこく》
爰《ここ》に我《わ》が直《よろ》しきを得《え》ん

碩鼠《せきそ》　碩鼠《せきそ》
我《わ》が苗《なえ》を食《くら》う無《な》かれ
三歳《さんさい》　女《なんじ》に貫《つか》うるも
我《われ》を肯《あえ》て労《ねぎら》うこと莫《な》し
逝《ちか》って将《まさ》に女《なんじ》を去《さ》り
彼《か》の楽郊《らくこう》に適《ゆ》かんとす
楽郊《らくこう》　楽郊《らくこう》
誰《たれ》か之《こ》れ永号《えいごう》せん

◎「碩鼠」は大ネズミ。重税を課す領主を喩える。
［黍］きび。
［三歲］長い年月。
［貫］仕える。
［女］「汝」に同じ。
［顧］気にかける。
［逝］「誓」に同じ。
［適］行く。

［樂土］搾取のない安楽の地。下文の「樂國」「樂郊」も同じ。
［爰］そこに於いて。場所を示す助字。
［德］恩恵を施す。
［直］「宜」に同じ。ふさわしい所。
［勞］ねぎらう。
［永號］声を長く引いて泣き叫ぶ。

補充作品

關雎　周南

關關雎鳩、在河之洲。窈窕淑女、君子好逑。
参差荇菜、左右流之。窈窕淑女、寤寐求之。
求之不得、寤寐思服。悠哉悠哉、輾轉反側。
參差荇菜、左右采之。窈窕淑女、琴瑟友之。
参差荇菜、左右芼之。窈窕淑女、鐘鼓樂之。

周南

桃夭

桃之夭夭、灼灼其華。之子于歸、宜其室家。
桃之夭夭、有蕡其實。之子于歸、宜其家室。
桃之夭夭、其葉蓁蓁。之子于歸、宜其家人。

鄭風

將仲子

將仲子兮、無踰我里、無折我樹杞。豈敢愛之、畏我父母。仲可懷也、父母之言、亦可畏也。
將仲子兮、無踰我牆、無折我樹桑。豈敢愛之、畏我諸兄。仲可懷也、諸兄之言、亦可畏也。
將仲子兮、無踰我園、無折我樹檀。豈敢愛之、畏人之多言。仲可懷也、人之多言、亦可畏也。

魏風

陟岵

陟彼岵兮、瞻望父兮。父曰嗟予子、行役夙夜無已。上愼旃哉、猶來無止。
陟彼屺兮、瞻望母兮。母曰嗟予季、行役夙夜無寐。上愼旃哉、猶來無棄。
陟彼岡兮、瞻望兄兮。兄曰嗟予弟、行役夙夜必偕。上愼旃哉、猶來無死。

采薇　　小雅

采薇采薇、薇亦作止。曰歸曰歸、歲亦莫止。靡室靡家、玁狁之故。不遑啓居、玁狁之故。
采薇采薇、薇亦柔止。曰歸曰歸、心亦憂止。憂心烈烈、載飢載渴。我戍未定、靡使歸聘。
采薇采薇、薇亦剛止。曰歸曰歸、歲亦陽止。王事靡盬、不遑啓處。憂心孔疚、我行不來。
彼爾維何、維常之華。彼路斯何、君子之車。戎車既駕、四牡業業。豈敢定居、一月三捷。
駕彼四牡、四牡騤騤。君子所依、小人所腓。四牡翼翼、象弭魚服。豈不日戒、玁狁孔棘。
昔我往矣、楊柳依依。今我來思、雨雪霏霏。行道遲遲、載渴載飢。我心傷悲、莫知我哀。

第二講　楚辞

屈原像（『楚辞・離騒図』）

概説　楚辞

戦国時代後期、南方の長江流域で北方の中原諸国とは異なる独自の文化を発展させていた楚の国に、『詩経』とは異質の新しい詩歌『楚辞《そじ》』が誕生する。『楚辞』とは、通常は戦国時代の屈原《くつげん》・宋玉《そうぎょく》らによる詩を指すが、広くはまたその詩体を用いて漢代に作られたものも指す。最も古い注釈書である後漢・王逸《おういつ》の『楚辞章句』では、屈原の作として「離騒《りそう》」・「九歌」（十一篇）・「天問」・「九章」（九篇）・「遠遊」・「卜居《ぼくきょ》」・「漁父《ぎょほ》」の七作二十五篇（但し「遠遊」以下三篇は後人の作と考えられる）、宋玉の作として「九弁」「招魂」の二篇、屈原あるいは景差《けいさ》の作として「大招」一篇、および漢人の諸作を収めている。

『楚辞』文学を代表する屈原は、楚の王族の出身で、懐《かい》王の左徒（大臣）となり、三閭大夫《さんりょたいふ》（王族を掌る長官）となった。博覧強記で治乱に明るく、初めは懐王の信任も厚かったが、後にその才を妬む政敵の讒言に遭い、王に疎んぜられる。屈原は、外交面では強国秦に対抗して諸国が同盟を結ぶ合縦《がっしょう》策を主張していた。しかし、楚の旧勢力は秦に従属する連衡《れんこう》策をとり、彼の意見が聞き入れられることはなく、やがて策略に落ちて秦に入った懐王は拘禁され客死する。ついで頃襄《けいじょう》王が即位すると、屈原は再び讒言に遭い、江南の地に追放される。政争に敗れ、憤悶のうちに放浪を続けた末、ついに汨羅《べきら》江に身を投じる。

代表作「離騒」は、このような生涯を送った屈原が、自らの不遇を嘆き、楚国の前途を憂いつつ、その強い自己主張と高揚する激情を華麗な文辞に託した大作である。前半は、自伝風に自己の境遇を歌う。王を輔佐して楚国の先導者たらんと志すも、王は群小の讒言に惑わされ、自分の正しさが理解されずに退けられる運命を述べる。後半は、屈原の脳裏に展開される空想の世界が描かれる。現実に失望した主人公は天地遊行の旅に出る。天界を飛翔し四方を巡りながら理想の人を探し求めるが、結局願いを遂げることができず、最後には絶望の果てに死に赴かんとする決意が述べられる。三百七十余句から成る長篇であり、明君と賢臣による政治を理想とした屈原自身の信念を中心的テーマとしながら、多彩な比喩表現に彩られた幻想的な神話の世界が繰り広げられている。

この他、「九歌」は、楚の民間に行われていた鬼神の祭祀の歌を屈原が改作したものといわれている。「天問」は、天地自然の現象や歴代王朝の事跡などに関するさまざまな疑問を天に問いかける形式をとる。宋玉の「九弁」は、秋の蕭条たる景色を歌い、悲秋文学の先駆をなす。

『詩経』が集体的歌謡であるのに対して、『楚辞』は特定の個人による創作であり、詩人の思想や個性が作品の上に色濃く表出される。全般的に、『詩経』が人々の日常生活を素朴に歌う写実的な作品を主とするのに対して、『楚辞』はしばしば激しい感情を伴い、神秘的で創造力に富み、浪漫的色彩が強い。修辞的にも『楚辞』はより複雑で、「兮《けい》」などの助字によって句調を整え、抑揚のある活発なリズムを持つ。これには、気候が厳しく単調な北に対して、自然の変化に富む豊かな南という風土の違いが少なからず作用している。また、当時楚の地方において巫《ふ》の習俗（シャーマニズム）が盛行していたことが『楚辞』の文学的性格の形成に深く関わっている。

作品選読

離騒（節録）

紛吾既有此内美兮
又重之以脩能
扈江離與辟芷兮
紉秋蘭以爲佩

日月忽其不淹兮
春與秋其代序
惟草木之零落兮
恐美人之遲暮

離騒《りそう》

屈原《くつげん》

紛《ふん》として吾《われ》既《すで》に此《こ》の内美《ないび》有《あ》り
又之《またこれ》に重《かさ》ぬるに脩能《しゅうたい》を以《もっ》てす
江離《こうり》と辟芷《へきし》とを扈《こうむ》り
秋蘭《しゅうらん》を紉《つな》ぎて以《もっ》て佩《はい》と為《な》す

日月《じつげつ》は忽《こつ》として　其《そ》れ淹《とど》まらず
春《はる》と秋《あき》と　其《そ》れ代序《だいじょ》す
草木《そうもく》の零落《れいらく》を惟《おも》い
美人《びじん》の遅暮《ちぼ》を恐《おそ》る

不撫壯而棄穢兮
何不改乎此度
乘騏驥以馳騁兮
來吾道夫先路

壮《そう》を撫《ぶ》して穢《あい》を棄《す》てず
何《なん》ぞ此《こ》の度《ど》を改《あらた》めざる
騏驥《きき》に乗《の》りて以《もっ》て馳騁《ちてい》せば
来《き》たれ　吾夫《われか》の先路《せんろ》を道《みちび》かん

◎「離騒」は、憂いに遭うの意。「離」は「罹」に同じ。遭う。「騒」は憂い。

［紛］盛んなさま。
［内美］生まれつきの優れた資質。
［脩能］美しい姿。「能」は「態」に同じ。
［扈］身にまとう。
［江離］香草の名。
［辟芷］香草の名。
［紉］つなぐ。縄をなうようにしてつづる。
［秋蘭］秋に開花する蘭草（フジバカマ）。
［佩］おびもの。腰飾り。
［淹］久しく留まる。
［代序］規則正しく交互に入れ替わる。
［惟］思う。
［零落］枯れ落ちること。
［美人］君主をいう。楚の懐王を指す。
［遲暮］年老いること。
［撫壯］壮美なる者（良臣）を可愛がる。
［棄穢］汚れた者（悪臣）を退ける。
［度］態度。
［騏驥］駿馬。
［馳騁］駆けめぐる。
［道］「導」に同じ。
［先路］先の進む道。

朝發軔於蒼梧兮
夕余至乎縣圃
欲少留此靈瑣兮
日忽忽其將暮

吾令羲和弭節兮
望崦嵫而勿迫
路曼曼其脩遠兮
吾將上下而求索

時曖曖其將罷兮
結幽蘭而延佇
世溷濁而不分兮
好蔽美而嫉妬

朝《あした》に軔《じん》を蒼梧《そうご》に発《はっ》し
夕《ゆうべ》に余《われ》は県圃《けんぽ》に至《いた》る
少《しばら》く此《こ》の霊瑣《れいさ》に留《とど》まらんと欲《ほっ》するも
日《ひ》は忽忽《こつこつ》として　其《そ》れ将《まさ》に暮《く》れんとす

吾《われ》羲和《ぎか》をして節《せつ》を弭《とど》めて
崦嵫《えんじ》を望《のぞ》みて迫《せま》る勿《な》からしむ
路《みち》は曼曼《まんまん》として　其《そ》れ脩遠《しゅうえん》なり
吾《われ》将《まさ》に上《のぼ》り下《くだ》りて求《もと》め索《たず》ねんとす

時《とき》は曖曖《あいあい》として　其《そ》れ将《まさ》に罷《や》まんとし
幽蘭《ゆうらん》を結《むす》びて延佇《えんちょ》す
世《よ》は溷濁《こんだく》して分《わ》かたず
好《この》みて美《び》を蔽《おお》いて嫉妬《しっと》す

亂曰　已矣哉
國無人莫我知兮
又何懷乎故都
既莫足與爲美政兮
吾將從彭咸之所居

乱《らん》に曰《いわ》く　已《や》んぬるかな
国《くに》に人《ひと》無《な》く　我《われ》を知《し》る莫《な》し
又何《またなん》ぞ故都《こと》を懐《おも》わん
既《すで》に与《とも》に美政《びせい》を為《な》すに足《た》る莫《な》し
吾将《われまさ》に彭咸《ほうかん》の居《お》る所《ところ》に従《したが》わんとす

［發軔］車の止め木をはずす。出発する。
［蒼梧］舜が葬られた地。九疑山のこと。
［縣圃］崑崙山（伝説上の神山）にある神仙が住むとされる霊域。
［靈瑣］神の宮殿の門。
［忽忽］たちまち。
［羲和］神話上の太陽の御者。
［弭節］歩調を緩やかにする。
［崦嵫］神話上の太陽が没する所の山。
［曼曼］遥か遠いさま。
［脩遠］長く遠い。
［曖曖］ほの暗いさま。
［罷］尽きる。太陽が沈む。
［幽蘭］奥深い山谷に生える蘭草。
［延佇］長く立ちつくす。
［溷濁］乱れて汚いこと。
［蔽美］美徳のある者を阻害する。
［亂］楽曲の最終章。結びの辞。
［已矣哉］もうおしまいだ。絶望の辞。
［美政］理想の政治。
［彭咸］殷の賢者。君主を諫めたが聞き入れられず、入水自殺した。

補充作品

漁父

屈原既放、游於江潭、行吟澤畔。顏色憔悴、形容枯槁。漁父見而問之曰、「子非三閭大夫與。何故至於斯。」屈原曰、「擧世皆濁、我獨清。衆人皆醉、我獨醒。是以見放。」

漁父曰、「聖人不凝滯於物、而能與世推移。世人皆濁、何不淈其泥、而揚其波。衆人皆醉、何不餔其糟、而歠其釃。何故深思高擧、自令放爲。」屈原曰、「吾聞之。新沐者必彈冠、新浴者必振衣。安能以身之察察、受物之汶汶者乎。寧赴湘流、葬於江魚之腹中、安能以皓皓之白、而蒙世俗之塵埃乎。」

漁父莞爾而笑、鼓枻而去。乃歌曰、「滄浪之水清兮、可以濯吾纓。滄浪之水濁兮、可以濯吾足。」遂去、不復與言。

第三講　漢代の詩

樂府詩集巻第一
太原郭　茂倩　編次
郊廟歌辭
樂記曰王者功成作樂治定制禮是以五帝殊時不相沿樂三王異世不相襲禮明其有損益也然自黄帝已後至於三代千有餘年而其禮樂之備可以考而知者唯周而已周頌昊天有成命郊祀天地之樂歌也清廟祀太廟之樂歌也我將祀明堂之樂歌也載芟良耜藉田社稷之樂歌也然則祭樂之有歌其來尚矣兩漢已後世有制作其所以用於郊廟朝廷以接人神之歡者其金石之響歌舞之容亦各因其功業治亂之所起而本其風俗之所由武帝時詔司

『楽府詩集』宋刊本

概説　漢代の詩

漢の武帝の時、楽府《がくふ》と呼ばれる音楽を司る役所が設けられた。ここでは、宮廷における祭儀用の楽曲を制作すると共に、民情を察するためという名目で各地に伝わる民間歌謡を採集し、これらに音曲を付けて楽歌として整理保存した。のちに、こうしてここで採録された歌謡体の詩そのものを指して楽府《がふ》と称するようになる。やがて、音曲を伴わずに、曲題を借りて歌謡風に歌った楽府体の詩が作られるようになり、漢代以後も盛んに行われ、韻文の中の一つのジャンルを形成するに至る。漢代のものは、特に「古楽府」（または「楽府古辞」）と呼んで、後世のものと区別することがある。歴代の楽府の諸作品は、宋・郭茂倩《かくもせん》撰『楽府詩集』（一百巻）の中で、楽器・曲調の種類や歌辞の内容によって、郊廟歌辞・鼓吹曲辞・相和歌辞・雑曲歌辞など十二種類に分けて集録されている。

楽府は本来楽器の演奏に合わせて歌われるものであるため、体裁は一定せず、旋律に従って長短さまざまな句によって構成されている。その内容は、当時の社会の現実をリアルに伝えるものであり、日常的な事柄を物語に仕立てた叙事詩が多い。

古楽府の中では、戦場に打ち棄てられた兵士の屍を烏が啄むさまを歌う「戦城南」、幼くして両親を失い兄夫婦に虐待される孤児の嘆きを歌う「孤児行」、貧乏のあまり強盗をはたらこうとする夫とそれを止めようとする妻を描く「東門行」、兵役で遠方に行ったままの夫の身を案ずる妻の気持ちを歌う「飲馬長城窟行」、夫を誇る美女羅敷《らふ》が太守の求愛をはねつける「陌上桑」、恋人に対する永遠の愛を天に誓う「上邪」などがよく知られる。また、長篇の物語詩として「焦仲卿の妻」（別名「孔雀東南飛」）が特に名高い。小吏焦仲卿の新妻劉氏が、姑の虐待に堪えかねて実家に戻り、他に嫁がぬと誓っていたが、兄に再婚を迫られて水に身を投じると、それを聞いた仲卿も庭で首をくくる、という新婚夫婦の悲劇を歌ったもので、三百五十余句から成る五言叙事詩である。

これらの例に見るように、楽府は、その多くが封建社会において苦難を強いられ虐げられている下層人民の生活を歌ったものや、恋愛・婚姻における男女の感情を歌ったものであり、彼らの悲痛な叫びや赤裸々な愛憎の吐露がそのまま生のセリフとして作品の中に写し取られている。

後漢の中期以降、数多くの五言詩が創作されるようになった。『文選《もんぜん》』巻二十九には複数の文人（姓名不詳）による「古詩十九首」と総称される一群の五言詩が収められている。楽府が叙事的であるのに対して、「古詩十九首」は抒情的であり、芸術性・思索性においてより洗練されている。先の見えない動乱の世に身を置いた人々が無常の人生に抱いた感慨を歌ったものであり、人の命のはかなさ、離別の悲しみ、望郷の思いなどをテーマとして、切々たる情感を素朴な中にも巧みな表現で歌い上げた作品である。

五言詩の起源については諸説があり定かではないが、いずれにしても漢代に始まることは確かである。楽府は基本的には一句の長さが長短不揃いであるが、五言の句が多く見られ、また全篇五言から成るものも少なくない。後漢以降は、文人によって本格的に五言詩が作られるようになり、やがてこれが詩の主流となる。

作品選読

戰城南

戰城南　死郭北
野死不葬烏可食
爲我謂烏
且爲客豪
野死諒不葬
腐肉安能去子逃
水深激激
蒲葦冥冥
梟騎戰鬬死
駑馬徘徊鳴

戦城南《せんじょうなん》

無名氏

城南《じょうなん》に戦《たたか》い　郭北《かくほく》に死《し》す
野《や》死《し》して葬《ほうむ》られず　烏《からす》食《くら》う可《べ》し
我《わ》が為《ため》に烏《からす》に謂《い》え
且《しばら》く客《かく》の為《ため》に豪《な》け
野《や》死《し》して諒《まこと》に葬《ほうむ》られず
腐《ふ》肉《にく》安《いずく》んぞ能《よ》く子《し》を去《す》てて逃《のが》れんや
水《みず》は深《ふか》く激激《きょうきょう》たり
蒲葦《ほい》は冥冥《めいめい》たり
梟騎《きょうき》は戦闘《せんとう》して死《し》し
駑馬《どば》は徘徊《はいかい》して鳴《な》く

梁築室
何以南　何以北
禾黍不穫君何食
願爲忠臣安可得
思子良臣
良臣誠可思
朝行出攻
暮不夜歸

［梁］《リャン》 室《しつ》を築《きづ》くに
何《なに》を以《もっ》て南《みなみ》し　何《なに》を以《もっ》て北《きた》する
禾黍《かしょ》穫《と》らずんば　君《きみ》何《なに》をか食《くら》わん
忠臣《ちゅうしん》為《た》らんと願《ねが》えども　安《いず》くんぞ得《う》可《べ》けんや
子《きみ》の良臣《りょうしん》を思《おも》え
良臣《りょうしん》は誠《まこと》に思《おも》う可《べ》し
朝《あした》に行《ゆ》き出《い》でて攻《せ》め
暮《く》れに夜《や》帰《き》せず

◎「戦城南」は楽府題。『楽府詩集』では「鼓吹曲辞・漢鐃歌」に収める。
［戦城南、死郭北］「城」「郭」は、都市を囲む城壁。内側を「城」、外側を「郭」という。

［野死］野たれ死にをする。

［客］異郷にある者。戦死者自身をいう。

［豪］「嚎」「號」に同じ。号泣する。死者に対する招魂の哭礼をいう。

［諒］きっと…だろう。

［激激］水が清く澄んださま。

［蒲葦］ガマとアシ。

［冥冥］暗く鬱蒼としたさま。

［梟騎］勇ましい騎兵。

［駑馬］鈍い馬。乗り手を失った馬をいう。

［徘徊］辺りをさまよう。

［梁］はやしことば。

［築室］築城などの土木工事をする。
［何以南、何以北］どうして南へ北へと戦場に徴発されていくのか。
［禾黍］イネとキビ。穀物。
［夜歸］夜に帰宅する。

生年不満百　生年《せいねん》は百《ひゃく》に満《み》たず

無名氏

（「古詩十九首」其十五）

生年不満百
常懷千歳憂
晝短苦夜長
何不秉燭遊
爲樂當及時
何能待來茲
愚者愛惜費
但爲後世嗤

生年《せいねん》は百《ひゃく》に満《み》たざるに
常《つね》に千歳《せんざい》の憂《うれ》いを懐《いだ》く
昼《ひる》は短《みじか》く　夜《よる》の長《なが》きに苦《くる》しむ
何《なん》ぞ燭《しょく》を秉《と》りて遊《あそ》ばざる
楽《たの》しみを為《な》すは当《まさ》に時《とき》に及《およ》ぶべし
何《なん》ぞ能《よ》く来茲《らいじ》を待《ま》たん
愚者《ぐしゃ》は費《つい》えを愛惜《あいせき》し
但《た》だ後世《こうせい》の嗤《わら》いと為《な》るのみ

仙人王子喬
難可與等期

仙人《せんにんおう》王子喬《しきょう》とは
与《とも》に期《き》を等《ひと》しくす可《べ》きこと難《かた》し

◎梁・蕭統（昭明太子）編『文選』巻二十九所収「古詩十九首」の一。

［千歳憂］永遠の憂い。
［秉燭］灯火を手に取る。
［及時］時機を逃さない。
［來茲］来年。
［嗤］あざ笑う。
［王子喬］周の霊王の太子晋のこと。仙人になったと伝えられる。
［期］（不老長生の）期待。

補充作品

孤兒行　　無名氏

孤兒生、孤子遇生、命獨當苦。父母在時、乘堅車、駕駟馬。父母已去、兄嫂令我行賈。南到九江、東到齊與魯。臘月來歸、不敢自言苦。頭多蟣蝨、面目多塵。大兄言辦飯、大嫂言視馬。上高堂、行取殿下堂、孤兒淚下如雨。使我朝行汲、暮得水來歸。手爲錯、足下無菲。愴愴履霜、中多蒺藜。拔斷蒺藜腸肉中、愴欲悲。淚下渫渫、清涕纍纍。冬無複襦、夏無單衣。居生不樂、不如早去、下從地下黃泉。春氣動、草萌芽。三月蠶桑、六月收瓜。將是瓜車、來到還家。瓜車反覆、助我者少、啗瓜者多。願還我蔕、兄與嫂嚴。獨且急歸、當興較計。亂曰、里中一何譊譊。願欲寄尺書、將與地下父母、兄嫂難與久居。

上邪　無名氏

上邪、我欲與君相知、長命無絕衰。山無陵、江水爲竭、冬雷震震、夏雨雪、天地合、乃敢與君絕。

行行重行行（「古詩十九首」其一）　無名氏

行行重行行、與君生別離。相去萬餘里、各在天一涯。道路阻且長、會面安可知。胡馬依北風、越鳥巢南枝。相去日已遠、衣帶日已緩。浮雲蔽白日、游子不顧返。思君令人老、歲月忽已晚。棄捐勿復道、努力加餐飯。

第四講

魏晋の詩

嵆康像『列仙全伝』

概説 魏晋の詩

文学史の上では、後漢末の建安年間から隋による統一までの約四百年間を魏晋南北朝時代と呼ぶ。三国の呉、南朝の東晋・宋・斉・梁・陳の六王朝に代表させて、六朝《りくちょう》時代ともいう。この時代は、もともと民間より起こった詩が、しだいに専ら文人の手になるようになり、質朴な中にも洗練の度を加え、士大夫による第一級の文学ジャンルへと成長していく時期である。

後漢末の建安年間には、魏の武帝曹操《そうそう》とその子曹丕《そうひ》・曹植《そうしょく》の「三曹」と、これをとりまく孔融《こうゆう》・王粲《おうさん》・劉《りゅう》楨《てい》・陳琳《ちんりん》・阮瑀《げんう》・徐幹《じょかん》・応瑒《おうとう》ら「建安の七子」によって詩壇（文学サロン）が形成され、動乱の時代を反映した剛健な詩が作られた。建安の詩風は「建安の風骨」と称されるように、感情を力強く打ち出した気概に満ちた詩が多い。形式の上では、五言詩が最も一般的な詩形として定着した。陣中にあっても詩を賦したといわれる文武兼備の曹操は、楽府体の詩を王者の風格で雄壮に歌った。人生のはかなさを嘆くことから歌い起こし、有能な人材を切望する心情を吐露して結んだ「短歌行」がよく知られる。曹丕の詩は、「燕歌行」などのように流麗繊細で感傷的なものが多い。「文章は経国の大業、不朽の盛事なり」と述べた『典論《てんろん》』の「論文」が文学論として注目に値する。建安の詩人の中で最も傑出した存在である曹植は、先行の楽府・古詩の伝統を継承しながら、巧みな比喩などによって詩の表現手法を大きく発展させた。初期の作品は、貴公子たちの優雅な生活を描いた「名都篇」、辺境守備の勇士の姿に愛国の志を託した「白馬篇」など、華麗で奔放なものであったが、兄の曹丕との間で帝位継承をめぐって争い敗れた後は、迫害を受けて不遇の歳月を送り、後半生の詩は、流浪の境遇を風に吹かれて転がる蓬《よもぎ》に喩えた「吁嗟《くさ》篇」、相次いで側近が誅殺される悲憤を託した「野田黄雀行」など、その苦悩の心情が作品に憂愁と悲哀の色彩を加えている。

魏の正始年間には、魏王朝から司馬氏へと権力が移行しつつある不安定な政治情勢を反映して、知識人の中に、現実社会から逃避する厭世的な気風が蔓延した。時の政治との関与を避け、礼教道徳に背を向け、老荘思想など高遠な哲理を語り合う清談が流行し、こうした風潮の中で、阮籍《げんせき》・嵆康《けいこう》・山涛《さんとう》・向秀《しょうしゅう》・劉伶《りゅうれい》・王戎《おうじゅう》・阮咸《げんかん》ら「竹林の七賢」に代表される思想性の強い詩風が生まれた。阮籍の「詠懐」八十二首は、険難な時代を背景に人間存在の不安に対して深い思索を加え、孤独な鬱屈した心情を韜晦的な手法で表現した五言詩の連作であり、後世の詩人に大きな影響を与えている。

晋が天下を統一すると、都洛陽を中心に華やかな文学活動が繰り広げられる。西晋の太康・元康年間には、「三張・二陸・両潘・一左」と呼ばれる張載《ちょうさい》・張協《ちょうきょう》・張華《ちょうか》・陸機《りくき》・陸雲《りくうん》・潘岳《はんがく》・潘尼《はんじ》・左思《さし》ら数多くの詩人を輩出した。題材の多様化、表現の個性化などにおいて、五言詩がさらなる展開を見せた時期であり、また、当時は貴族のサロンにおいて詩が贈答・応酬など社交の道具となっていたゆえに、とりわけ修辞面に技巧を凝らす風気がしだいに顕著になる。

西晋末から東晋にかけては、詩の形式を借りて老荘の哲理を論じる玄言詩や、世俗の価値観を捨てて仙界に遊ぶ志を歌う遊仙詩が流行した。

作品選読

野田黄雀行

曹植

高樹多悲風
海水揚其波
利剣不在掌
結友何須多
不見籬間雀
見鷂自投羅
羅家得雀喜
少年見雀悲
抜剣捎羅網
黄雀得飛飛

野田黄雀行《やでんこうじゃくこう》

曹植《そうしょく》

高樹《こうじゅ》　悲風《ひふう》多《おお》く
海水《かいすい》　其《そ》の波《なみ》を揚《あ》ぐ
利剣《りけん》　掌《て》に在《あ》らずんば
友《とも》を結《むす》ぶに何《なん》ぞ多《おお》きを須《もち》いん
見《み》ずや　籬間《りかん》の雀《すずめ》
鷂《たか》を見《み》て自《みずか》ら羅《あみ》に投《とう》ずるを
羅家《らか》　雀《すずめ》を得《え》て喜《よろこ》び
少年《しょうねん》　雀《すずめ》を見《み》て悲《かな》しむ
剣《けん》を抜《ぬ》きて羅網《らもう》を捎《はら》えば
黄雀《こうじゃく》　飛《と》び飛《と》ぶを得《え》たり

飛飛摩蒼天
來下謝少年

飛《と》び飛《と》びて蒼天《そうてん》に摩《ま》し
来《き》たり下《くだ》りて少年《しょうねん》に謝《しゃ》す

［鷂］ハイタカ。鷹の一種。
［羅家］かすみ網を張る人。猟師。
［少年］若者。
［捎］切り払う。
［飛飛］軽快に飛ぶさま。
［摩蒼天］天空にとどく。「摩」は、接触する。

◎「野田黄雀行」は楽府題。「黄雀」はスズメ。
［悲風］凄まじい疾風。
［利劍］鋭い剣。
［何須多］どうして数を多くする必要があろうか。多くても無駄だ。
［不見］見たことがないか。見たまえ。楽府に多く用いる呼びかけの語。
［籬間］垣根の辺り。

詠懷（八十二首、其一）

詠懐《えいかい》

阮籍《げんせき》

夜中不能寐
起坐彈鳴琴

夜中《やちゅう》 寐《い》ぬる能《あた》わず
起坐《きざ》して鳴琴《めいきん》を弾《だん》ず

薄帷鑒明月
清風吹我襟
孤鴻號外野
翔鳥鳴北林
徘徊將何見
憂思獨傷心

薄帷《はくい》に明月《めいげつ》鑒《て》り
清風《せいふう》 我《わ》が襟《えり》を吹《ふ》く
孤鴻《ここう》 外野《がいや》に号《さけ》び
翔鳥《しょうちょう》 北林《ほくりん》に鳴《な》く
徘徊《はいかい》して将《は》た何《なに》をか見《み》る
憂思《ゆうし》して独《ひと》り心《こころ》を傷《いた》ましむ

◎「詠懐」は、胸中の思いを詠ずる意。
〔夜中〕 真夜中。
〔寐〕 寝付く。
〔起坐〕 寝台の上に起き上がって坐る。
〔鳴琴〕 琴。「鳴」は琴の属性として添えた語。
〔薄帷〕 薄いとばり。
〔鑒〕 照る。
〔孤鴻〕 群を離れたおおとり。
〔外野〕 遠い野原。
〔翔鳥〕 空を飛翔する鳥。
〔北林〕 北方の森。『詩経』秦風「晨風」に、「鴥彼晨風、鬱彼北林、未見君子、憂心欽欽」とある。
〔徘徊〕 あてどなく歩き回る。
〔將〕 いったい。疑問・反語の語気を強める。
〔憂思〕 憂い悩む。

補充作品

短歌行

曹操

對酒當歌、人生幾何。譬如朝露、去日苦多。慨當以慷、憂思難忘。何以解憂、唯有杜康。
青青子衿、悠悠我心。但爲君故、沈吟至今。呦呦鹿鳴、食野之苹。我有嘉賓、鼓瑟吹笙。
明明如月、何時可掇。憂從中來、不可斷絶。越陌度阡、枉用相存。契闊談讌、心念舊恩。
月明星稀、烏鵲南飛。繞樹三匝、何枝可依。山不厭高、海不厭深。周公吐哺、天下歸心。

燕歌行

曹丕

秋風蕭瑟天氣涼、草木搖落露爲霜。羣燕辭歸雁南翔、念君客遊思斷腸。慊慊思歸戀故鄉、
君何淹留寄他方。賤妾煢煢守空房、憂來思君不敢忘、不覺涙下霑衣裳。援琴鳴絃發清商、
短歌微吟不能長。明月皎皎照我牀、星漢西流夜未央。牽牛織女遙相望、爾獨何辜限河梁。

送應氏（二首、其一）

曹植

步登北芒坂、遙望洛陽山。洛陽何寂寞、宮室盡燒焚。垣牆皆頓擗、荊棘上參天。不見舊耆老、
但覩新少年。側足無行徑、荒疇不復田。遊子久不歸、不識陌與阡。中野何蕭條、千里無人煙。
念我平常居、氣結不能言。

七哀詩

王粲

西京亂無象、豺虎方遘患。復棄中國去、遠身適荊蠻。親戚對我悲、朋友相追攀。出門無所見、
白骨蔽平原。路有飢婦人、抱子棄草閒。顧聞號泣聲、揮涕獨不還。未知身死處、何能兩相完。
驅馬棄之去、不忍聽此言。南登霸陵岸、迴首望長安。悟彼下泉人、喟然傷心肝。

悼亡詩（三首、其一）

潘岳

荏苒冬春謝、寒暑忽流易。之子歸窮泉、重壤永幽隔。私懷誰克從、淹留亦何益。僶俛恭朝命、
迴心反初役。望廬思其人、入室想所歷。帷屏無髣髴、翰墨有餘跡。流芳未及歇、遺挂猶在壁。
悵怳如或存、周遑忡驚惕。如彼翰林鳥、雙棲一朝隻。如彼游川魚、比目中路析。春風緣隟來、
晨霤承檐滴。寢息何時忘、沈憂日盈積。庶幾有時衰、莊缶猶可擊。

第五講

陶淵明

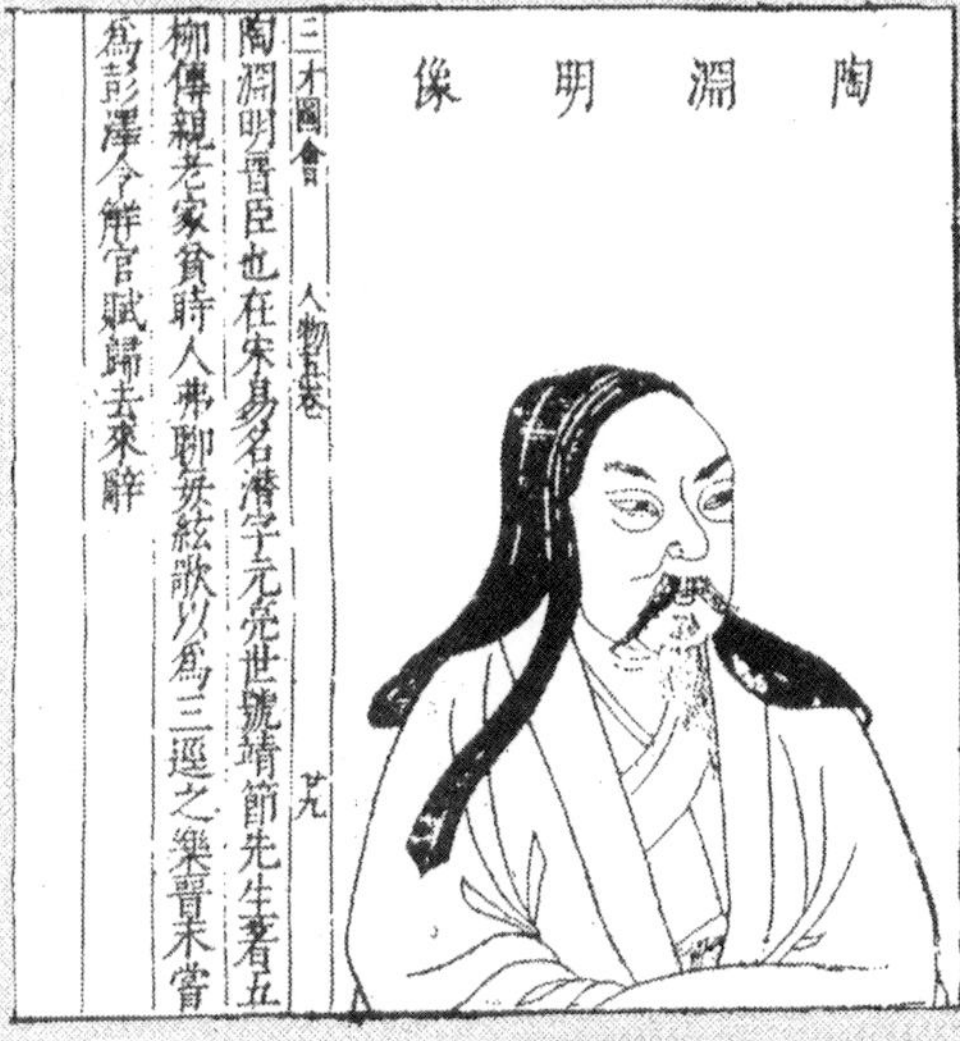

陶淵明像（『三才図会』）

概説 陶淵明

六朝期に入り、貴族文学の全盛期を迎えると、詩人たちの多くは専ら文辞の華麗を競うようになり、詩は内面的な情感よりも形式的な技巧に力が注がれる傾向を強めていった。その結果、当時の詩風はしだいに繊細で浮華なものとなっていった。こうした風潮の中にありながら、東晋末の陶淵明《とうえんめい》は、修辞の痕跡を残さない平明自然で古朴な言葉の中に人生の真理を追求する独自の清遠な詩の世界を築いた。

陶淵明（三六五〜四二七）は、名を潜《せん》、字を淵明（一説に、名を淵明、字を元亮《げんりょう》）という。潯陽《じんよう》（江西省）の柴桑の人。晋の大司馬陶侃《とうかん》の曾孫に当たるが、彼の時代には家はすでに没落しつつあった。二十九歳で江州の祭酒（学政を司る長官）として赴任したが、役人生活に馴染めず、まもなく辞任した。数年後に再び仕官し、はじめは桓玄《かんげん》に仕えたが、やがて母の喪に服して官を辞し、その後、鎮軍将軍劉裕《りゅうゆう》の参軍（幕僚）となり、その翌年、建威将軍劉敬宣《りゅうけいせん》の参軍に転任する。同じ年、四十一歳の時、彭沢《ほうたく》県の県令となり、わずか三ヶ月足らず務めたのを最後に、官界を退いて隠棲し、その後は郷里の田園で悠々自適の生活を送った。

陶淵明の詩は、田園の日常生活に題材をとりながら、淳朴な暮らしの中に見出した生活の真情を歌っている。その背景には老荘思想があり、淡々とした地味で素朴な表現の中に、人間本来の自然な生き方を模索し、人間の生と死を深く見つめようとする思索性の強い作品が多い。酒と菊を愛し、田園詩人、隠逸詩人の祖と称され、唐代の王維《おうい》・孟浩然《もうこうねん》らをはじめ、後世の詩人たちに与えた影響は絶大なものがあり、六朝随一の詩人とされる。
詩はほとんどが五言古詩であり、代表作品としては、官界での不本意な生活と決別し、郷里の田園に帰って、平和で自然な生活を送る喜びを歌う「園田の居に帰る」五首、閑居のつれづれに毎晩酒を飲み、酔って気ままに作ったものをまとめたという「飲酒」二十首、人間（陶淵明自身）を肉体とその分身である影そして精神の三つに分け、限りある人生の生き方について三者の間で議論を展開する「形影神」などが挙げられる。辞賦や散文においても、彭沢県令を辞して故郷に帰る際の心境を綴った「帰去来の辞」、理想像をも含めて虚構の中に諧謔的な筆致で自分自身の姿を述べた「五柳先生伝」、仙界遊行譚を借りて理想の社会形態を描いた「桃花源記」などがよく知られる。

参考　「五柳先生伝」
先生不知何許人也、亦不詳其姓字。宅邊有五柳樹、因以爲號焉。閑靖少言、不慕榮利。好讀書、不求甚解。每有會意、便欣然忘食。性嗜酒、家貧不能常得。親舊知其如此、或置酒而招之。造飲輒盡、期在必醉。既醉而退、曾不吝情去留。環堵蕭然、不蔽風日。短褐穿結、簞瓢屢空、晏如也。常著文章自娯、頗示己志。忘懷得失、以此自終。贊曰、黔婁有言、「不戚戚於貧賤、不汲汲於富貴。」其言茲若人之儔乎。酣觴賦詩、以樂其志。無懷氏之民歟、葛天氏之民歟。

作品選読

歸園田居（五首、其一）

少無適俗韻
性本愛邱山
誤落塵網中
一去三十年
羈鳥戀舊林
池魚思故淵
開荒南野際
守拙歸園田
方宅十餘畝
草屋八九間

園田《えんでん》の居《きょ》に帰《かえ》る

陶淵明《とうえんめい》

少《わか》きより俗《ぞく》に適《てき》する韻《いん》無《な》く
性《せい》　本《もと》　邱山《きゅうざん》を愛《あい》す
誤《あやま》りて塵網《じんもう》の中《うち》に落《お》ち
一《ひと》たび去《さ》りて　三十年《さんじゅうねん》
羈鳥《きちょう》　旧林《きゅうりん》を恋《こ》い
池魚《ちぎょ》　故淵《こえん》を思《おも》う
荒《こう》を開《ひら》く　南野《なんや》の際《さい》
拙《せつ》を守《まも》りて園田《えんでん》に帰《かえ》る
方宅《ほうたく》　十余畝《じゅうよほ》
草屋《そうおく》　八九間《はちくけん》

楡柳蔭後簷
桃李羅堂前
曖曖遠人村
依依墟里煙
狗吠深巷中
鷄鳴桑樹巓
戸庭無塵雑
虚室有餘閒
久在樊籠裏
復得返自然

楡柳《ゆりゅう》 後簷《こうえん》を蔭《おお》い
桃李《とうり》 堂前《どうぜん》に羅《つら》なる
曖曖《あいあい》たり 遠人《えんじん》の村《むら》
依依《いい》たり 墟里《きょり》の煙《けむり》
狗《いぬ》は吠《ほ》ゆ 深巷《しんこう》の中《うち》
鶏《とり》は鳴《な》く 桑樹《そうじゅ》の巓《いただき》
戸庭《こてい》 塵雑《じんざつ》無《な》く
虚室《きょしつ》 余間《よかん》有《あ》り
久《ひさ》しく樊籠《はんろう》の裏《うち》に在《あ》りしも
復《ま》た自然《しぜん》に返《かえ》るを得《え》たり

◎義熙二年（四〇六）、淵明四十二歳、彭沢県令を辞して郷里に帰った翌年の作。

［適俗韻］世俗に適応する気質。
［性］本性。生まれつきの性分。
［邱山］丘や山。田園の自然。
［塵網］俗世間の束縛。世俗のしがらみ。
［羈鳥］籠の鳥。「羈」は、繋ぐ。
［舊林］鳥がもと棲んでいた林。
［池魚］池に飼われている魚。
［故淵］魚がもと泳いでいた川の淵。

［開荒］荒れ地を開墾する。

［南野際］南の野原の辺り。

［守拙］不器用な生き方を守り通す。

［方宅］家屋の周囲。宅地。

［畝］面積の単位。一畝は、約5アール。

［草屋］草葺きの家屋。粗末な家。

［間］柱と柱の間。部屋の数をいう。

［蔭］陰をなす。おおう。

［後簷］家の裏側の軒先。

［羅］列なる。並ぶ。

［堂］表座敷。南向きの広間。

［曖曖］ぼんやりとかすんで見えるさま。

［依依］ゆらゆらと立ち上るさま。

［墟里煙］村落の炊煙。

［狗吠深巷中、鶏鳴桑樹巓］「深巷」は、奥まった路地。「巓」は、てっぺん。漢の楽府「鶏鳴」に、「鶏鳴高樹巓、狗吠深宮中」とある。

［戸庭］門内の庭。

［塵雑］俗世間の煩わしい雑事。

［虚室］がらんとした部屋。

［餘閒］余裕。ゆとり。「閒」は「閑」に同じ。

［樊籠］鳥獣を入れる檻や籠。

［自然］本来的なありのままの状態。無理のない自然な生き方。

補充作品

帰園田居（五首、其三）

種豆南山下、草盛豆苗稀。晨興理荒穢、帯月荷鋤帰。道狭草木長、夕露沾我衣。衣沾不足惜、但使願無違。

飲酒（二十首、其五）

結廬在人境、而無車馬喧。問君何能爾、心遠地自偏。采菊東籬下、悠然見南山。山氣日夕佳、飛鳥相與還。此中有眞意、欲辨已忘言。

雜詩（十二首、其一）

人生無根蔕、飄如陌上塵。分散逐風轉、此已非常身。落地爲兄弟、何必骨肉親。得歡當作樂、斗酒聚比鄰。盛年不重來、一日難再晨。及時當勉勵、歲月不待人。

形影神并序

貴賤賢愚、莫不營營以惜生、斯甚惑焉。故極陳形影之苦、言神辨自然以釋之。好事君子、共取其心焉。

［形贈影］

天地長不沒、山川無改時。草木得常理、霜露榮悴之。謂人最靈智、獨復不如茲。適見在世中、奄去靡歸期。奚覺無一人、親識豈相思。但餘平生物、擧目情悽洏。我無騰化術、必爾不復疑。願君取吾言、得酒莫苟辭。

［影答形］

存生不可言、衞生每苦拙。誠願遊崑華、邈然玆道絶。與子相遇來、未嘗異悲悅。憩蔭若暫乖、止日終不別。此同既難常、黯爾俱時滅。身沒名亦盡、念之五情熱。立善有遺愛、胡爲不自竭。酒云能消憂、方此詎不劣。

［神釋］

大鈞無私力、萬理自森著。人爲三才中、豈不以我故。與君雖異物、生而相依附。結託既喜同、安得不相語。三皇大聖人、今復在何處。彭祖愛永年、欲留不得住。老少同一死、賢愚無復數。日醉或能忘、將非促齡具。立善常所欣、誰當爲汝譽。甚念傷吾生、正宜委運去。縱浪大化中、不喜亦不懼。應盡便須盡、無復獨多慮。

第六講

南北朝の詩

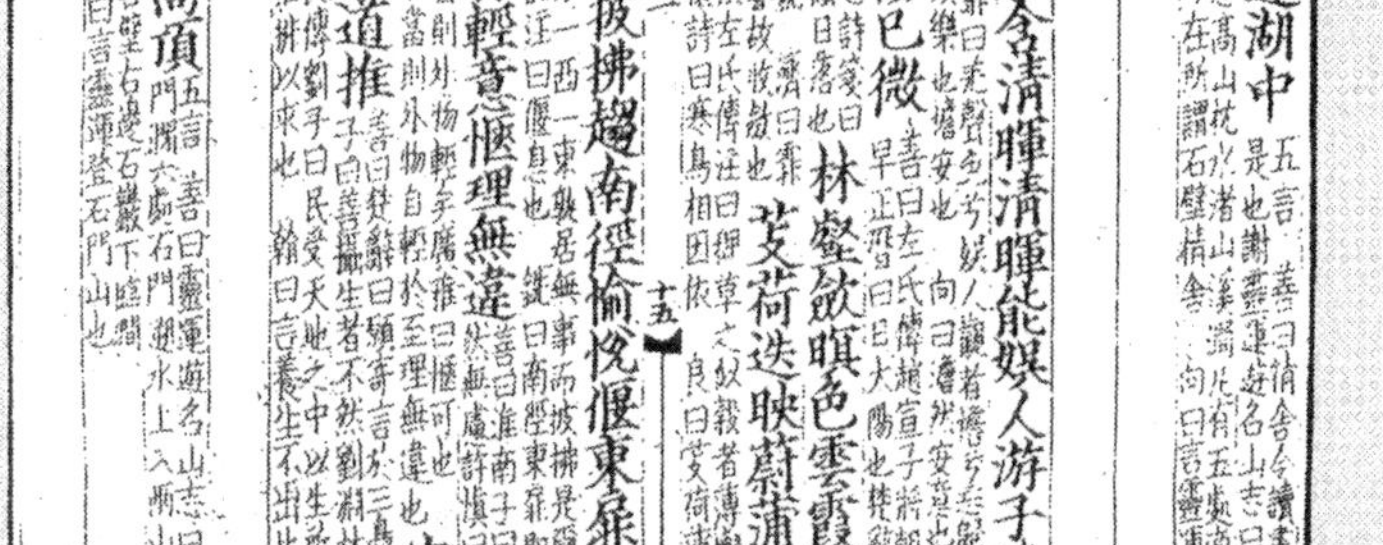

石壁精舍還湖中 五言

謝靈運

昏旦變氣候山水含清暉清暉能娛人游子憺忘歸出谷日尚早入舟陽已微林壑斂暝色雲霞收夕霏芰荷迭映蔚蒲稗相因依披拂趨南徑愉悅偃東扉慮澹物自輕意愜理無違寄言攝生客試用此道推

登石門最高頂 五言

謝靈運

『六臣注文選』宋刊本

概説 南北朝の詩

南北朝時代、江南の建康(今の南京)を都として次々に王朝が交替するが、貴族社会の繁栄には変わりがなく、文学は貴族趣味的な方向に流れていった。詩人達は、洗練された言語で対象の美を巧みに描写することを競い、そうした中でとりわけ山水詩が盛んに作られるようになる。

宋の謝霊運《しゃれいうん》(三八五~四三三)は、南朝を代表する大貴族の出身でありながら政界で挫折し、専ら好んで山沢を遊覧し、清新な感覚と巧緻な詩句で山水の自然美を詠じた。謝霊運の山水詩は、とりわけ自然界の光に着目し、対句や典故に技巧を凝らした精妙な佳句に富む。また、外的な自然美を写実的に描写するのみでなく、詩の末尾に観念的な議論(老荘・仏学の哲理)を加えることが多い。一方、同時代の異色の詩人鮑照《ほうしょう》は、寒門の出身であり、門閥貴族社会の当時においては、官位昇進が厳しく制約され、時世に対する憤懣や自己の不遇に対する苦悶を強烈な語調で吐露している。

斉・梁以降、詩の形式化が進み、修辞的な美しさを追う傾向がいっそう強くなる。斉の永明年間、竟陵《きょうりょう》王蕭子良《しょうしりょう》のサロンに集まった蕭衍《しょうえん》(後の梁の武帝)・謝朓《しゃちょう》・沈約《しんやく》・王融《おうゆう》・蕭琛《しょうちん》・范雲《はんうん》・任昉《じんぼう》・陸倕《りくすい》らは「竟陵の八友」と呼ばれ、その詩は世に「永明体」と称される。彼らは詩作において自然描写を一段と精巧なものにした。中でも謝朓は、詩人として最も優れ、謝霊運の詩を継承し、繊細な感覚でそれをさらに清麗秀逸なものに熟成させた。彼らはまた一方で、詩の声律におけるリズムの美しさを追求した。とりわけ沈約は、詩における音声面での美的効果を問題にして、四声《しせい》（中国語の四つの声調「平・上・去・入」）を詩の中で意識的に排列することを論じ、回避すべき禁忌として「八病《はっぺい》」を提示した。これがやがて唐代に入って近体詩が成立する基盤を作った。

梁・陳は、宮廷を中心に華やかな文学活動が繰り広げられ、花鳥風月を遊戯的に歌ったり女性の姿態や風情を唯美的・官能的に歌ったりという内容の宮体詩が流行した。宮体詩は、梁の蕭綱《しょうこう》（簡文帝）およびその文学サロンにおいて最も盛んに作られ、陳代にはますます軽艶で淫靡な色彩を深めた。なお、この時期は、歴代の詩文集として梁の蕭統《しょうとう》（昭明太子）の『文選《もんぜん》』、徐陵《じょりょう》の『玉台新詠《ぎょくだいしんえい》』が編纂され、また文学評論の書として鍾嶸《しょうこう》の『詩品《しひん》』、劉勰《りゅうきょう》の『文心彫龍《ぶんしんちょうりょう》』が著されている。

北朝は、南朝に比べて文学活動は低調であり、注目すべき詩人は少ないが、南から北へ使いして国家の滅亡に遭い、そのまま北の地に居留まった詩人達がいた。庾信《ゆしん》がその代表的な例で、彼はもと梁の宮廷詩人であり、艶麗な詩風で徐陵と並び称されたが、のち西魏・北周に仕える運命となり、異郷に流寓する悲哀を沈鬱に歌っている。

なお、東晋以来、南方の諸都市では、「呉歌」「西曲」と総称される民歌が流行した。ほとんどが恋歌で主に五言四句からなり、男女の情を女性の口吻で、あるいは男女掛け合いの形式で歌う。代表的なものに「子夜歌」がある。一方、北朝の民歌は、南方とは対照的に質朴で雄壮なものが多い。広大な草原の光景を活写した「勅勒《ちょくろく》の歌」、老父の代わりに男装して従軍する少女を歌う長篇叙事詩「木蘭の辞」などがよく知られる。

作品選読

石壁精舎還湖中作

石壁精舎《せきへきしょうじゃ》より湖中《こちゅう》に還《かえ》りて作《つく》る

謝靈運《しゃれいうん》

昏旦變氣候
山水含清暉
清暉能娯人
遊子憺忘歸
出谷日尚早
入舟陽已微
林壑斂暝色
雲霞收夕霏
芰荷迭映蔚
蒲稗相因依

昏旦《こんたん》　気候《きこう》変《へん》じ
山水《さんすい》　清暉《せいき》を含《ふく》む
清暉《せいき》　能《よ》く人《ひと》を娯《たの》しましめ
遊子《ゆうし》　憺《たん》として帰《かえ》るを忘《わす》る
谷《たに》を出《い》でしとき　日《ひ》は尚《な》お早《はや》かりしも
舟《ふね》に入《い》るとき　陽《ひ》は已《すで》に微《かす》かなり
林壑《りんがく》　暝色《めいしょく》を斂《おさ》め
雲霞《うんか》　夕霏《せきひ》を収《おさ》む
芰荷《きか》　迭《たが》いに映蔚《えいうつ》し
蒲稗《ほはい》　相因依《あいいんい》す

披拂趨南逕
愉悅偃東扉
慮澹物自輕
意愜理無違
寄言攝生客
試用此道推

披払《ひふつ》して南逕《なんけい》に趨《はし》り
愉悦《ゆえつ》して東扉《とうひ》に偃《ふ》す
慮《おも》い澹《しず》かにして　物《もの》自《おのずか》ら軽《かる》く
意《い》愜《かな》いて　理《り》違《たが》うこと無《な》し
言《げん》を寄《よ》す　摂生《せっせい》の客《かく》に
試《こころ》みに此《こ》の道《みち》を用《もっ》て推《お》せと

◎「石壁精舎」は、始寧（浙江省）の仏寺。巫湖に臨む山の谷に位置する。そこで一晩を過ごした後、湖を渡って家に帰る時の作。

[昏旦] 夕暮れと朝。
[清暉] 清らかな光。
[遊子] 旅人。
[憺] 心が安らぐ。『楚辞』「九歌・東君」に、「羌聲色兮娯人、観者憺兮忘歸」とある。
[微] かすか。（日が沈んで）ほの暗いさま。
[林壑] 山林の谷間。
[斂暝色] 暮色を集める。闇が深まってゆく。
[雲霞] 夕焼け雲。
[収夕霏] 夕映えの広がりが小さくなる。
[芰荷] ヒシとハス。
[迭] 互いに。
[映蔚] 照り映え合って青々と茂る。
[蒲稗] ガマとヒエ。
[因依] 寄り添う。
[披拂] （茂みを）かき分ける。

［趨］足早に進む。

［南逕］南の小道。

［愉悦］深い喜びに浸るさま。

［偃］横になる。

［東扉］東の部屋。

［虚澹］心持ちがさらりとして静かなこと。『淮南子』「原道訓」に、「大丈夫恬然無思、澹然無慮」とある。

［物自輕］外物（世間のこと）が自ずと軽くなる（気にならなくなる）。『荀子』「修身」に、「内省而外物輕」とある。

［意愜］心が満ち足りる。

［理無違］自然の原理に背かない。

［攝生客］養生の道に努めている人。

［推］推しはかる。考えを進める

敕勒歌

勅勒《ちょくろく》の歌《うた》

無名氏

敕勒川
陰山下
天似穹廬
籠蓋四野
天蒼蒼

勅勒《ちょくろく》の川《はら》
陰山《いんざん》の下《もと》
天《てん》は穹廬《きゅうろ》に似《に》て
四野《しや》を籠蓋《ろうがい》す
天《てん》は蒼蒼《そうそう》

野茫茫
風吹草低見牛羊

野《の》は茫茫《ぼうぼう》
風吹《かぜふ》き草低《くさた》れて　牛羊《ぎゅうよう》を見《み》る

◎勅勒族（トルコ系遊牧民族）の民歌。鮮卑語から漢訳したもので、斛律金（北斉に仕えた勅勒族出身の武将）が歌ったと伝えられる。

［敕勒川］勅勒族が生活する草原地帯。「川」は、河川を含んだ平原をいう。
［陰山］内蒙古南部を東西に走る山脈。
［穹廬］円屋根の天幕。包（パオ）。

［籠蓋］すっぽりとおおう。
［四野］四方の原野。
［蒼蒼］青々としたさま。
［茫茫］広々と果てしないさま。

補充作品

擬行路難（十八首、其四）　鮑照

瀉水置平地、各自東西南北流。人生亦有命、安能行嘆復坐愁。酌酒以自寛、舉杯斷絕歌路難。
心非木石豈無感、呑聲躑躅不敢言。

游東田　　謝朓

慼慼苦無悰、攜手共行樂。尋雲陟累榭、隨山望菌閣。遠樹曖仟仟、生煙紛漠漠。魚戲新荷動、鳥散餘花落。不對芳春酒、還望青山郭。

擬詠懷（二十七首、其七）　　庾信

楡關斷音信、漢使絶經過。胡笳落淚曲、羌笛斷腸歌。纖腰減束素、別淚損横波。恨心終不歇、紅顏無復多。枯木期塡海、青山望斷河。

玉樹後庭花　　陳叔寶

麗宇芳林對高閣、新妝艶質本傾城。映戶凝嬌乍不進、出帷含態笑相迎。妖姬臉似花含露、玉樹流光照後庭。

第七講

初唐・盛唐の詩

王維詩（『名家画譜』）

概説　初唐・盛唐の詩

唐王朝は、強大な国力を背景に文化全般が長足の進歩を遂げた。詩は、唐代において黄金時代を迎える。詩を作る人間の数は飛躍的に増加し、その階層も拡大した。それにつれて詩の主題や風格も多彩豊富なものとなり、六朝以前の伝統の上に新たな発展を見ることになる。唐代は、詩の形式の整備という面でも画期的な時代であり、近体詩と総称する押韻・平仄などの規則が厳密な絶句・律詩・排律が成立する。唐詩は、通常、初唐・盛唐・中唐・晩唐の四期に区分される。

高祖の武徳元年（六一八）から約百年間の初唐は、六朝詩から盛唐を頂点とする唐詩への過渡期であり、六朝の詩を継承発展させる中で、これに反発する動きも現れるようになる。太宗の治世（貞観《じょうがん》年間）、宮廷においては、六朝末期の詩風をそのまま受け継ぎ、虞世南《ぐせいなん》・上官儀《じょうかんぎ》らを中心に美辞麗句を連ねた軽艶で技巧的な詩が盛行した。高宗から則天武后そして中宗の時代にかけて、宮廷詩壇では杜審言《としんげん》が現れ、続いて沈佺期《しんせんき》・宋之問《そうしもん》が現れて活躍した。近体詩の韻律において、特に沈・宋の二人は五言・七言の律詩の完成に大きな役割を果たした。

一方、高宗の時、「初唐の四傑」と呼ばれる王勃《おうぼつ》・楊炯《ようけい》・盧照鄰《ろしょうりん》・駱賓王《らくひんのう》が現れる。いずれも官位が低く宮廷から疎外された懐才不遇の詩人であり、六朝末期の詩風を受け継ぎながらも、空虚に修辞を弄する旧套に陥ることなく、質実剛健の風を加え、唐詩に新たな発展の道を拓いた。四傑にやや遅れて陳子昂《ちんすごう》が現れ、繊細艶麗な斉・梁の詩風からの完全な脱却を試み、漢魏の雄渾で気概ある詩風への復帰を唱えた。この復古による革新の実践として創作した五言古詩「感遇」三十八首は、盛唐詩の先駆的存在となっている。

盛唐期は、玄宗の開元・天宝年間に当たり、唐朝が政治的にも文化的にも隆盛の絶頂に達し、詩が内容・形式共に最も幅を広げかつ充実した時期である。詩人達は、近体・古体にわたって様々な詩型を駆使して多種多様な題材を歌い、詩の世界を大きく進展させた。とりわけ李白《りはく》（→第八講）と杜甫《とほ》（→第九講）は、盛唐のみならず、中国歴代の詩人の中で最も評価が高い。

盛唐期の大詩人として、李白・杜甫に次いで王維《おうい》（七〇一〜七六二）を挙げることができる。二十一歳で科挙の進士に合格し、官は尚書右丞《しょうしょゆうじょう》にまで至り、都の郊外に別荘を構えて半官半隠の優雅な生涯を送った。山水田園の風趣を閑静に詠じた自然派の詩人である。熱心な仏教徒であり、李白を「詩仙」、杜甫を「詩聖」と呼ぶのに対して、王維は「詩仏」と呼ばれる。多芸多才な文人で、絵画・音楽にも精通し、王維の詩には絵画的描写が印象的である。自然派の詩人としては、王維と並んで孟浩然《もうこうねん》がいる。孟浩然は、科挙に及第せず、官位を得ぬまま呉越の地方を遊歴し、その後故郷に隠遁生活を送った。平淡自然な言葉で、世俗から離れた高雅な境地を明朗な山水景物の詩に歌っている。

なお、盛唐期には、岑参《しんじん》・高適《こうせき》・王昌齢《おうしょうれい》・王之渙《おうしかん》・王翰《おうかん》ら多くの詩人によって、辺塞詩《へんさいし》と呼ばれる詩が作られた。過酷な従軍の体験や西方国境の荒涼たる風土、エキゾチックな風物などを題材とする一群の作品が残されている。

作品選読

杜少府之任蜀川

杜少府《としょうふ》　任《にん》に蜀川《しょくせん》に之《ゆ》く

王勃《おうぼつ》

城闕輔三秦
風煙望五津
與君離別意
同是宦遊人
海内存知己
天涯若比鄰
無爲在岐路
兒女共霑巾

城闕《じょうけつ》　三秦《さんしん》を輔《ほ》とし
風煙《ふうえん》　五津《ごしん》を望《のぞ》む
君《きみ》と離別《りべつ》するの意《い》
同《おな》じく是《こ》れ宦遊《かんゆう》の人《ひと》
海内《かいだい》に知己《ちき》存《そん》すれば
天涯《てんがい》も比鄰《ひりん》の若《ごと》し
為《な》す無《な》からん　岐路《きろ》に在《あ》りて
児女《じじょ》のごとく　共《とも》に巾《きん》を霑《うるお》すを

◎杜少府が蜀川に赴任して行くのを見送る詩。「少府」は、県尉（県の警察を司る長）の尊称。「蜀川」は、広く蜀の地（今の四川省一帯）を指す。

［城闕］長安の都。「城」は城郭。「闕」は宮殿。

［輔］助ける。守り支える。

［三秦］今の陝西省一帯。秦の滅亡後、項羽は秦の旧領である関中（陝西省）を雍・塞・翟の三つに分けた。

［風煙］風に漂うもや。

［五津］岷江に置かれた五つの渡し場。白華津・万里津・江首津・渉頭津・江南津。

［宦遊人］役人として故郷を離れて暮らす者。


［海内］天下。世界。

［知己］自分を理解してくれる親友。

［天涯］天の果て。極遠の地。

［比鄰］隣近所。曹植「白馬王彪に贈る」に、「丈夫志四海、萬里猶比鄰」とある。

［無爲］…するな。…するのはやめよう。

［岐路］分かれ道。別れの場所。

［兒女］子供。「兒」は男の子、「女」は女の子。

［霑巾］手巾（ハンカチ）を涙で濡らす。

鹿柴

空山不見人
但聞人語響
返景入深林
復照青苔上

鹿柴《ろくさい》

王維《おうい》

空山《くうざん》　人《ひと》を見《み》ず
但《た》だ聞《き》く　人語《じんご》の響《ひび》くを
返景《へんけい》　深林《しんりん》に入《い》り
復《ま》た照《て》らす　青苔《せいたい》の上《うえ》

◎長安郊外の別業輞川荘での作。「鹿柴」は、鹿を飼う柵。
［空山］人気のないひっそりとした山。　［青苔］緑色の苔。
［返景］夕陽の光。

磧中作

磧中《せきちゅう》の作《さく》　　岑参《しんじん》

走馬西來欲到天
辭家見月兩囘圓
今夜不知何處宿
平沙萬里絕人煙

馬《うま》を走《はし》らせて西来《せいらい》　天《てん》に到《いた》らんと欲《ほっ》す
家《いえ》を辞《じ》してより　月《つき》の両回《りょうかい》円《まど》かなるを見《み》る
今夜《こんや》は知《し》らず　何《いず》れの処《ところ》にか宿《しゅく》するを
平沙《へいさ》万里《ばんり》　人煙《じんえん》絶《た》ゆ

◎安西節度使の幕僚として西域へ赴任する途中、砂漠の中での作。「磧」は、小石混じりの砂地。
［西來］西に進む。　［兩囘圓］（月が）二度満ちて円くなる。
［欲到天］天に行き着いてしまいそうだ。　［平沙］広く平らな砂漠。
［辭家］我が家を出る。　［人煙］人家の炊煙。

補充作品

易水送別　　駱賓王

此地別燕丹、壯士髮衝冠。昔時人已沒、今日水猶寒。

感遇（三十八首、其三十五）　　陳子昂

本爲貴公子、平生實愛才。感時思報國、拔劍起蒿萊。西馳丁零塞、北上單于臺。登山見千里、懷古心悠哉。誰言未忘禍、磨滅成塵埃。

九月九日憶山東兄弟　　王維

獨在異鄉爲異客、每逢佳節倍思親。遙知兄弟登高處、遍插茱萸少一人。

送元二使安西　　王維

渭城朝雨浥輕塵、客舍青青柳色新。勸君更盡一杯酒、西出陽關無故人。

春曉　　孟浩然

春眠不覺曉、處處聞啼鳥。夜來風雨聲、花落知多少。

過故人莊　孟浩然
故人具鷄黍、邀我至田家。綠樹村邊合、青山郭外斜。開筵面場圃、把酒話桑麻。待到重陽日、還來就菊花。

除夜作　高適
旅館寒燈獨不眠、客心何事轉凄然。故鄉今夜思千里、霜鬢明朝又一年。

登鸛鵲樓　王之渙
白日依山盡、黃河入海流。欲窮千里目、更上一層樓。

涼州詞　王翰
葡萄美酒夜光杯、欲飲琵琶馬上催。醉臥沙場君莫笑、古來征戰幾人囘。

第八講　李白

李白像（『呉郡名賢図伝賛』）

概説　李白

李白《りはく》（七〇一～七六二）は、字を太白《たいはく》、号を青蓮居士《せいれんこじ》という。西域に生まれ、五歳の頃、一家が蜀（四川省）に移住したとされている。父は富裕な商人であったらしい。李白は幼い頃から百家の書を読み習い、年少にして優れた文才を発揮した。十代半ば頃から、道士や遊侠の徒と交わり、自由奔放な生活を送ったといわれる。二十五歳で故郷の蜀を離れ、立身出世を夢みて長江流域を漫遊する。のち、安陸（湖北省）で許圉師《きょぎょし》の孫娘と結婚し、その後十年間はこの地を拠点として各地を巡り猟官活動を続ける。襄陽（湖北省）では孟浩然《もうこうねん》と交わっている。三十五歳の頃、安陸を離れ、太原（山西省）を経て山東へ移り、さらに江南の地に遊んだ。四十二歳の時、宮中に召し出されて翰林供奉《かんりんぐぶ》となった。玄宗に侍して詩を作り、長安の都で名士達と詩酒を共にするが、その放逸な性癖と傍若無人な言動は時の権力者に疎んぜられ、わずか二年ほどで讒言によって都から追われた。その後は再び各地を流浪する歳月を送ることになり、洛陽では杜甫《とほ》と知り合い、高適《こうせき》・岑参《しんじん》らとも交遊している。天宝十四載（七五五）に安禄山《あんろくざん》の乱が起こると、李白は永王（李璘）に招かれ幕僚となった。ところが、永王は玄宗に代わって帝位についた兄の粛宗と不和を生じ、叛軍と見なされ討伐を受けて処刑された。李白も捕らえられ死罪の刑が下ったが、名将郭子儀《かくしぎ》の嘆願により減刑され、夜郎（貴州省）への流罪となり長江を遡るが、途中で恩赦に遇い、東へ引き返した。のち、金陵（江蘇省）に遊び、また宣城・歴陽（共に安徽省）を往来して過ごし、最後は従叔の李陽冰《りようひょう》が当塗（安徽省）の県令をしているのを頼って老病の身を寄せ、六十二歳で卒した。酒に酔って長江に浮かぶ月影をすくいとろうとして舟から落ちて溺死したとする伝説は、酒と月を愛した詩人李白の人柄をよく伝えている。

その詩は、空想をほしいままにして非凡な着想と奇抜な表現で自然を詠じ、人生を謳歌している。明朗闊達な性格、奔放不羈な生き方が、そのまま豪放で痛快な詩風を生み出している。人生のはかなさに抑え難い悲哀を抱きながらも、詩はあくまでも軽妙快活で飄逸としたイメージが漂い、浪漫の風趣にあふれる。尊大なまでの自負心からくる勢いのよさがあり、常識を遥かに超えた誇張表現を駆使し、壮大なスケールとダイナミックな躍動感をもって自然の景観を描き、人生の喜びを歌い上げている。思想的背景には、老荘や道教の影響が色濃く伺える。詩の形式は、制約の少ない楽府題の古体詩と絶句を得意とした。

参考 『唐才子伝』（節録）

白、字太白、山東人。母夢長庚星而誕、因以命之。十歳通五經。自夢筆頭生花、後天才贍逸。喜縱橫、擊劍爲任俠、輕財好施。更客任城、與孔巢父・韓準・裴政・張叔明・陶沔居徂徠山中、日沉飮、號竹溪六逸。天寶初、自蜀至長安。道未振、以所投賀知章。讀至「蜀道難」、歎曰、「子謫仙人也。」乃解金龜換酒、終日相樂。遂薦於玄宗、召見金鑾殿、論時事、因奏頌一篇。帝喜、賜食、親爲調羹、詔供奉翰林。嘗大醉上前、草詔、使高力士脫韡。力士恥之、摘其「清平調」中飛燕事、以激怒貴妃。帝每欲與官、妃輒沮之。白益傲放、與賀知章・李適之・汝陽王璡・崔宗之・蘇晉・張旭・焦遂爲飮酒八仙人。懇求還山、賜黃金、詔放歸。

作品選読

月下獨酌

（四首、其一）

花間一壺酒
獨酌無相親
擧杯邀明月
對影成三人
月既不解飲
影徒隨我身
暫伴月將影
行樂須及春
我歌月徘徊
我舞影零亂

月下独酌《げっかどくしゃく》

李白《りはく》

花間《かかん》　一壺《いっこ》の酒《さけ》
独《ひと》り酌《く》みて　相親《あいした》しむもの無《な》し
杯《さかずき》を挙《あ》げて　明月《めいげつ》を邀《むか》え
影《かげ》に対《たい》して　三人《さんにん》と成《な》る
月《つき》は既《すで》に飲《の》むを解《よ》くせず
影《かげ》は徒《いたず》らに我《わ》が身《み》に随《したが》う
暫《しばら》く月《つき》と影《かげ》とを伴《ともな》いて
行楽《こうらく》　須《すべか》らく春《はる》に及《およ》ぶべし
我《われ》歌《うた》えば　月《つき》徘徊《はいかい》し
我《われ》舞《ま》えば　影《かげ》零乱《れいらん》す

醒時同交歡
醉後各分散
永結無情遊
相期邈雲漢

醒《さ》むる時《とき》は　同《とも》に交歡《こうかん》し
醉《よ》いて後《のち》は　各々《おのおの》分散《ぶんさん》す
永《なが》く無情《むじょう》の遊《ゆう》を結《むす》ばんとし
相期《あいき》す　邈《はる》かなる雲漢《うんかん》に

◎天宝三載（七四四）の春、長安での作と推定されている。
［無相親］酒を酌み交わす親しい友がいない。

［邀］招く。

［對］向き合う。仲間に加える。

［既］もともと…であるうえに。

［不解］…できない。「不能」に同じ。

［徒］ただむなしく…するばかり。

［暫］とりあえずしばらくの間。

［將］並列の助字。「與」に同じ。

［行樂須及春］「行樂」は、楽しむこと。「及」は、時機を逃さないこと。「古詩十九首」（其十五）に「爲樂當及時、何能待來茲」とある。


［徘徊］さまよう。行きつ戻りつする。

［零亂］ふらふらと乱れ動く。

［醒時］酔いしれる前。まだ正気の時。

［交歡］互いに打ち解けて楽しむ。

［無情遊］情を交えない交遊。「有情」の人間に対して、「無情」の自然物（月）との付き合いをいう。

［相期］再会の約束をする。

［邈］遥か遠いさま。

［雲漢］天の川。

早發白帝城

早《つと》に白帝城《はくていじょう》を発《はっ》す

李白《りはく》

朝辭白帝彩雲間
千里江陵一日還
兩岸猿聲啼不住
輕舟已過萬重山

朝《あした》に辞《じ》す　白帝《はくてい》　彩雲《さいうん》の間《かん》
千里《せんり》の江陵《こうりょう》　一日《いちじつ》にして還《かえ》る
両岸《りょうがん》の猿声《えんせい》　啼《な》いて住《や》まざるに
軽舟《けいしゅう》　已《すで》に過《す》ぐ　万重《ばんちょう》の山《やま》

◎乾元二年（七五九）、永王の軍に幕僚として加担した罪で夜郎に流される途中、恩赦に遇い、江陵へ帰る際の作。

［朝辭］朝早く別れを告げる。

［白帝］白帝城。今の四川省奉節県にあった古城。漢代、蜀に割拠した公孫述が築いた。長江三峡の最西端に位置する。

［彩雲］色づいた雲。朝陽に赤く染まった雲。

［千里］北魏・酈道元の『水経注』巻三四に、「朝發白帝、暮宿江陵、其間千二百里、雖乘奔御風、不以疾也」とある。

［江陵］今の湖北省江陵県。唐代では荊州の州治が置かれた。

［猿聲］前掲『水経注』の下文に、「常有高猿長嘯、屬引凄異、空谷傳響、哀轉久絶」とある。

［啼不住］（野猿の）鳴き声がどこまでも続いて途絶えることがない。

［萬重山］幾重にも重なった山々。

補充作品

望廬山瀑布

日照香爐生紫煙、遙看瀑布挂長川。飛流直下三千尺、疑是銀河落九天。

黄鶴樓送孟浩然之廣陵

故人西辭黄鶴樓、煙花三月下揚州。孤帆遠影碧空盡、惟見長江天際流。

山中問答

問余何意棲碧山、笑而不答心自閑。桃花流水窅然去、別有天地非人間。

山中與幽人對酌

兩人對酌山花開、一杯一杯復一杯。我醉欲眠卿且去、明朝有意抱琴來。

獨坐敬亭山

衆鳥高飛盡、孤雲獨去閑。相看兩不厭、只有敬亭山。

將進酒

君不見黄河之水天上來、奔流到海不復迴。君不見高堂明鏡悲白髮、朝如青絲暮成雪。人生得意須盡歡、莫使金樽空對月。天生我材必有用、千金散盡還復來。烹羊宰牛且爲樂、會須一飲三百杯。岑夫子、丹丘生、進酒君莫停。與君歌一曲、請君爲我傾耳聽。鐘鼓饌玉不足貴、但願長醉不願醒。古來聖賢皆寂寞、惟有飲者留其名。陳王昔時宴平樂、斗酒十千恣歡謔。主人何爲言少錢、徑須沽取對君酌。五花馬、千金裘、呼兒將出換美酒、與爾同銷萬古愁。

靜夜思

牀前看月光、疑是地上霜。舉頭望山月、低頭思故鄉。

秋浦歌（十七首、其十五）

白髮三千丈、緣愁似箇長。不知明鏡裏、何處得秋霜。

第九講

杜甫

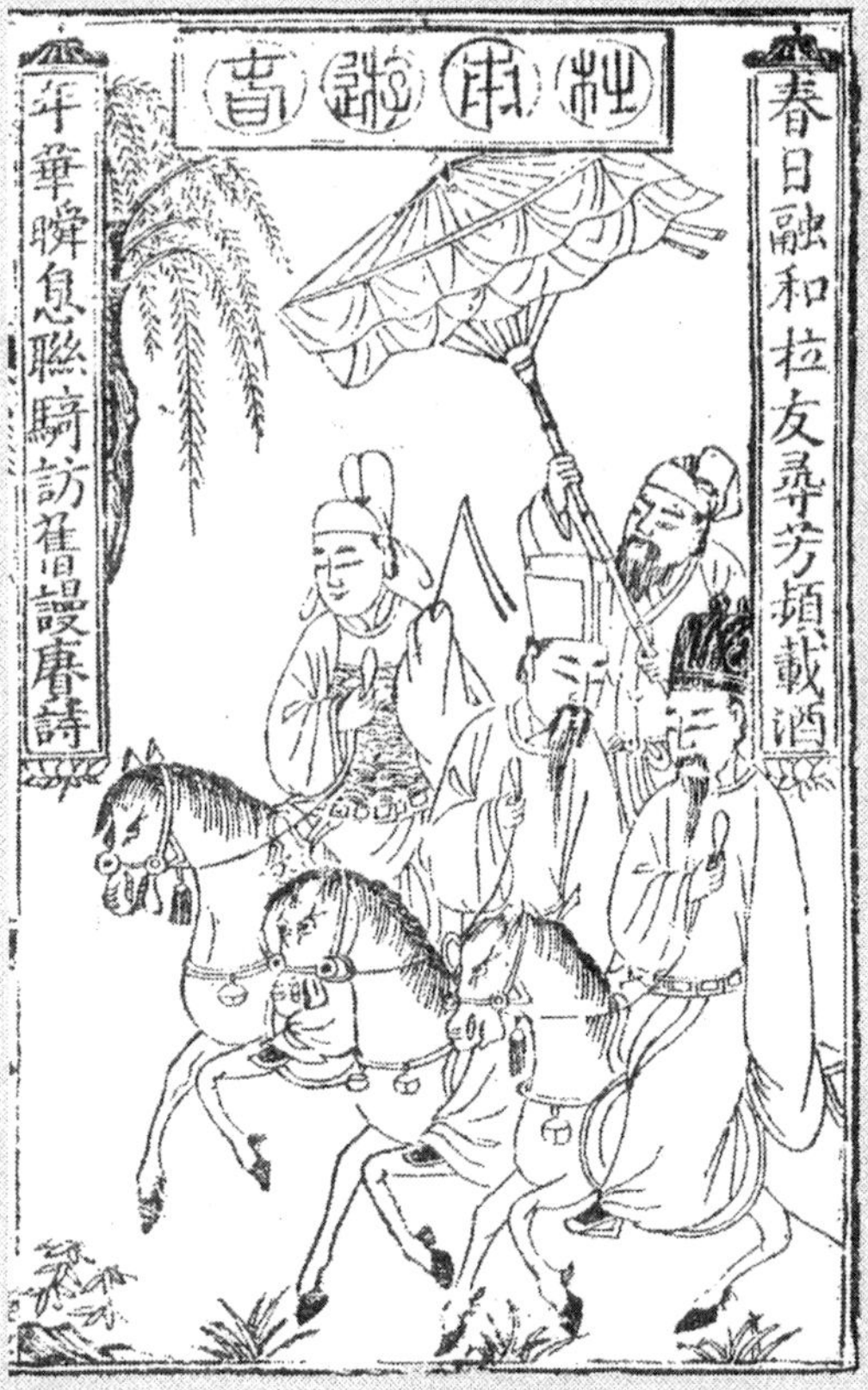

杜甫遊春（『古文正宗』）

概説　杜甫

杜甫《とほ》（七一二〜七七〇）は、字を子美《しび》、号を少陵野老《しょうりょうやろう》という。鞏県《きょう》（河南省）に生まれる。初唐の宮廷詩人杜審言《としんげん》の孫に当たり、幼少より詩才に恵まれ、儒家的な政治に対する使命感を抱いて官界を志した。二十歳から呉・越を遊歴し、二十四歳の時、進士の試験に応じるが落第し、再び諸国漫遊の旅に出る。三十三歳の時、李白と出会い、斉・魯に遊び、都長安に出る。その後、長安で約十年間、官職を求める浪人生活が続く。天宝十四載（七五五）、四十四歳の時、初めて官に就き、右衛率府兵曹参軍《うえいそつぷへいそうさんぐん》に任用されるが、同年、安禄山《あんろくざん》の乱が勃発すると、家族を連れて鄜州《ふしゅう》（陝西省）に避難する。都に危険が迫ると、玄宗皇帝は蜀に逃れ、太子李亨《りこう》が霊武（寧夏回族自治区）において即位する。これを知って、杜甫は単身、新帝粛宗の行在所に駆けつけようとしたが、途中で叛軍に捕らえられ、長安に幽閉される。のち、長安を脱出し、粛宗が新たに行在所を置いた鳳翔（陝西省）へと馳せ参じ、左拾遺（天子を諫める官職）を授けられるが、罷免された宰相房琯《ぼうかん》を弁護して粛宗の怒りに触れ、詔により帰省する。やがて長安が奪回されると、粛宗が都に帰還したのに従い、杜甫も長安に赴くが、まもなく華州司功参軍に左遷される。乾元二年（七五九）、関中一帯が旱魃と飢饉に襲われたため、杜甫は官を捨てて、家族と共に秦州（甘粛省）へ向かい、のちに成都（四川省）に移る。成都では、浣花渓《かんかけい》のほとりに草堂を築き、成都尹兼剣南節度使として赴任してきた旧友厳武《げんぶ》の庇護を受けて、比較的安定した生活を送る。そして、広徳二年（七六四）、厳武の推挙により節度参謀・検校工部員外郎となる。翌年、厳武の死後、杜甫は蜀の地を去り、雲安（四川省）・夔《き》州（四川省）・江陵（湖北省）・公安（湖北省）、岳州（湖南省）・潭州（湖南省）などの各地に転々と寓居し、老病の身で流浪の旅を続け、五十九歳で舟中に没した。

李白をロマンチシズムの詩人とすれば、杜甫はリアリズムの詩人であるといえる。戦乱の世に置かれた人々の艱難を常に身近に見てきた故に、政治批判を込めて民衆の困苦を如実に歌った社会詩が多い。国を憂い、我が身を嘆き、その詩風は沈鬱で重厚な響きを持ち、現実感と人間味に富む。事象を的確に凝視し、それを精緻な描写で巧みに詩句に結晶させている。古体詩・近体詩のいずれにも長じたが、特に格調高い芸術的な律詩にその本領を発揮した。

参考『唐才子伝』（節録）

會祿山亂、天子入蜀。甫避走三川。肅宗立、自鄜州羸服欲奔行在、爲賊所得。至德二年、亡走鳳翔上謁、拜左拾遺。與房琯爲布衣交。琯時敗兵、又以琴客董廷蘭之故罷相。甫上疏言、「罪細、不宜免大臣。」帝怒、詔三司雜問。宰相張鎬曰、「甫若抵罪、絶言者路。」帝解、不復問。時所在寇奪。甫家寓鄜、彌年艱窶、孺弱至餓死。因許甫自往省視。從還京師、出爲華州司功參軍。關輔饑、輒棄官去、客秦州、負薪拾橡栗自給。流落劍南、營草堂成都西郭浣花溪。召補京兆功曹參軍、不至。會嚴武節度劍南西川、往依焉。武再帥劍南、表爲參謀・檢校工部員外郎。

作品選読

春望

國破山河在
城春草木深
感時花濺涙
恨別鳥驚心
烽火連三月
家書抵萬金
白頭搔更短
渾欲不勝簪

春望《しゅんぼう》　杜甫《とほ》

国破《くにやぶ》れて　山河在《さんがあ》り
城春《しろはる》にして　草木深《そうもくふか》し
時《とき》に感《かん》じては　花《はな》にも涙《なみだ》を濺《そそ》ぎ
別《わか》れを恨《うら》みては　鳥《とり》にも心《こころ》を驚《おどろ》かす
烽火《ほうか》　三月《さんげつ》に連《つら》なり
家書《かしょ》　万金《ばんきん》に抵《あた》る
白頭《はくとう》　搔《か》けば更《さら》に短《みじか》く
渾《す》べて簪《しん》に勝《た》えざらんと欲《ほっ》す

◎至徳二載（七五七）、安禄山の乱が勃発した翌年の春、叛軍に捕らえられ長安に軟禁されていた時の作。「春望」は、春のながめ。

［國破］ 国家が崩壊する。
［城春］ 長安のまちに春がめぐってくる。
［感時］ （混乱した） 時世に心を痛める。
［花濺涙］ 春の花を見ても、かえって悲しくなり涙を落とす。
［恨別］ 家族との生き別れを悲しむ。
［鳥驚心］ 鳥のさえずりを聴いても、はっとして不安におののく。

［烽火］ のろし。
［連三月］ 何ヶ月間も続く。
［家書］ 家族からの手紙。
［抵］ 相当する。
［白頭掻］ 白髪頭を掻く。苦悶のしぐさをいう。
［短］ （髪の毛が） 薄くなる。
［渾］ まったく。まるっきり。
［不勝簪］ 冠を留めるかんざしを支えきれない。

登樓

杜甫《とほ》

花近高樓傷客心
萬方多難此登臨
錦江春色來天地
玉壘浮雲變古今

登楼《とうろう》

花《はな》は高楼《こうろう》に近《ちか》くして　客心《かくしん》を傷《いた》ましむ
万方《ばんぽう》　多難《たなん》　此《ここ》に登臨《とうりん》す
錦江《きんこう》の春色《しゅんしょく》　天地《てんち》に来《き》たり
玉塁《ぎょくるい》の浮雲《ふうん》　古今《ここん》に変《へん》ず

北極朝廷終不改
西山寇盗莫相侵
可憐後主還祠廟
日暮聊爲梁甫吟

北極《ほっきょく》の朝廷《ちょうてい》　終《つい》に改《あらた》まらず
西山《せいざん》の寇盗《こうとう》　相侵《あいおか》すこと莫《な》かれ
憐《あわ》れむ可《べ》し　後主《こうしゅ》も還《ま》た廟《びょう》に祠《まつ》らる
日暮《にちぼ》　聊《いささ》か為《な》す　梁甫《りょうほ》の吟《ぎん》

◎広徳二年（七六四）の春の作。相次ぐ戦乱に難を避けて蜀の地を放浪した後、成都の草堂に帰還してまもなく、高楼に登って詠じたもの。

［客心］旅人（杜甫自身）の心。

［萬方］天下至る所。

［登臨］高い所に登って四方を眺める。

［錦江］岷江の支流。成都の西南を流れる川。

［來天地］天空にも大地にも訪れる。

［玉壘］成都の西北にある山の名。

［變古今］昔も今も絶え間なく形を変える。

［北極朝廷］北極星のように不動の朝廷。『論語』「為政篇」に、「子曰、爲政以徳、譬如北辰居其所、而衆星共之」とある。

［終不改］結局は変わらない。

［西山寇盗］「西山」は、成都西方の雪山。「寇盗」は、盗賊。吐蕃（チベット）軍を指す。

［可憐］ああ。深い感慨を表す語。

［後主］三国時代の蜀の後主劉禅。先主劉備の子。諸葛孔明の補佐を得て即位するが、凡庸な君主であった。

［祠廟］廟に祀られる。先主廟には、劉備と共に劉禅と諸葛孔明が祀られている。

［聊］今はしばらく…でもしているほかはない。

［梁甫吟］諸葛孔明がまだ劉備に仕えず隠棲していた頃愛唱したとされる歌。

補充作品

兵車行

車轔轔、馬蕭蕭、行人弓箭各在腰。耶孃妻子走相送、塵埃不見咸陽橋。牽衣頓足攔道哭、哭聲直上干雲霄。道傍過者問行人、行人但云點行頻。或從十五北防河、便至四十西營田。去時里正與裹頭、歸來頭白還戍邊。邊庭流血成海水、武皇開邊意未已。君不聞漢家山東二百州、千村萬落生荊杞。縱有健婦把鋤犂、禾生隴畝無東西。況復秦兵耐苦戰、被驅不異犬與鷄。長者雖有問、役夫敢伸恨。且如今年冬、未休關西卒。縣官急索租、租稅從何出。信知生男惡、反是生女好。生女猶得嫁比鄰、生男埋沒隨百草。君不見青海頭、古來白骨無人收。新鬼煩冤舊鬼哭、天陰雨濕聲啾啾。

石壕吏

暮投石壕村、有吏夜捉人。老翁踰牆走、老婦出門看。吏呼一何怒、婦啼一何苦。聽婦前致詞、三男鄴城戍。一男附書至、二男新戰死。存者且偸生、死者長已矣。室中更無人、惟有乳下孫。有孫母未去、出入無完裙。老嫗力雖衰、請從吏夜歸。急應河陽役、猶得備晨炊。夜久語聲絕、如聞泣幽咽。天明登前途、獨與老翁別。

月夜

今夜鄜州月、閨中只獨看。遙憐小兒女、未解憶長安。香霧雲鬟濕、淸輝玉臂寒。何時倚虛幌、雙照涙痕乾。

旅夜書懷

細草微風岸、危檣獨夜舟。星垂平野闊、月湧大江流。名豈文章著、官應老病休。飄飄何所似、天地一沙鷗。

登岳陽樓

昔聞洞庭水、今上岳陽樓。吳楚東南坼、乾坤日夜浮。親朋無一字、老病有孤舟。戎馬關山北、憑軒涕泗流。

第十講

中唐・晩唐の詩

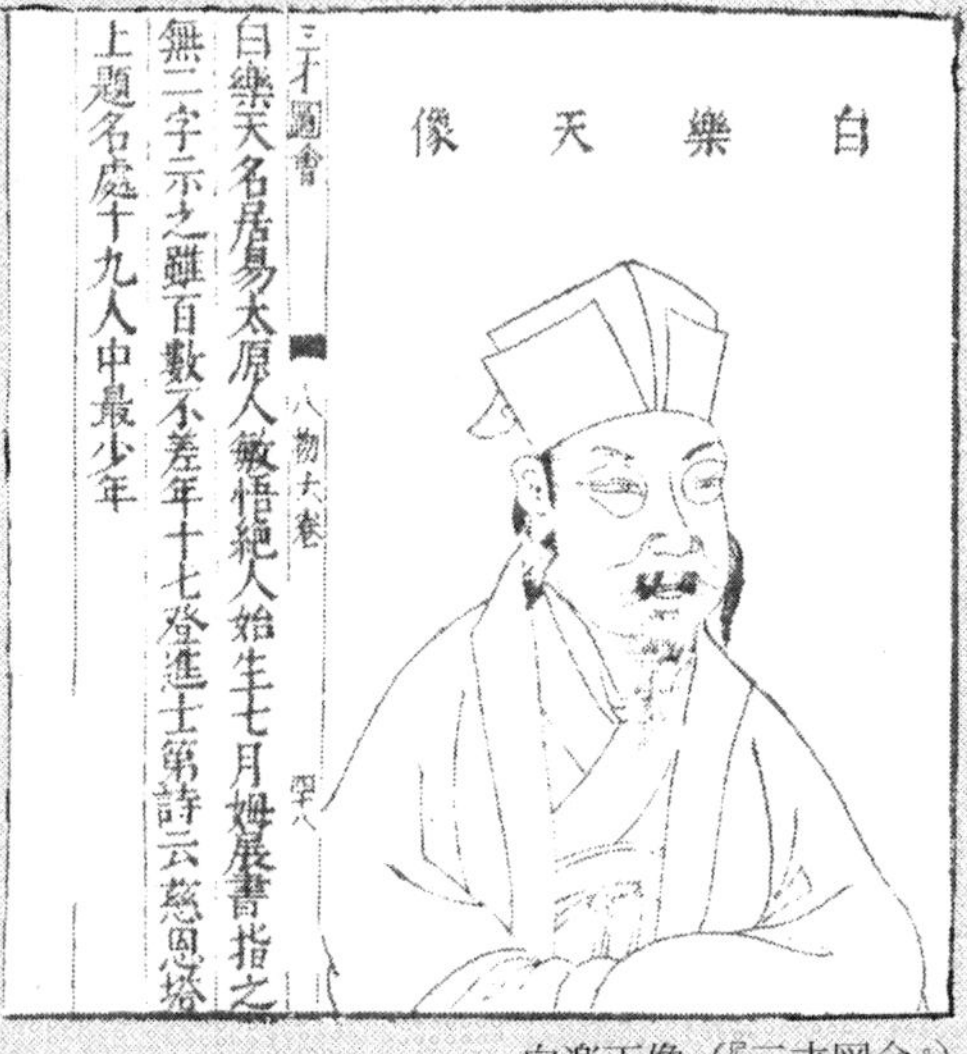

白楽天像（『三才図会』）

概説　中唐・晩唐の詩

中唐は、代宗の大暦元年（七六六）から敬宗の宝暦二年（八二六）までの六十年間をいう。八年にわたる安史の乱は終結したが、その後も地方の軍事的勢力が新たな動乱の火種として残っており、また中央では宦官の横暴や党派の争いが絶えず、社会不安は続いた。

大暦年間には、元結《げんけつ》と顧況《こきょう》が激しい調子の社会批判の諷喩詩を作り、また銭起《せんき》らをはじめとする「大暦の十才子」と呼ばれる一群の詩人や、韋応物《いおうぶつ》・劉長卿《りゅうちょうけい》らの詩人たちが現れ、静寂な自然の中に高雅清逸な境地を追い求める詩を詠った。

中唐の詩壇は、ついで現れる韓愈《かんゆ》と白居易《はくきょい》に代表される。韓愈（七六八～八二四）は、字を退之《たいし》といい、散文の大家（古文復興の主導者）として知られ、その詩は「文を以て詩を為す」と評されるように、散文的な風格を持ち、技巧面で型破りの手法を用いて新しい境地を開いた。独創的なあまり、奇怪で晦渋な詩句も多いが、気勢をもって人に迫る力強さを持っている。

一方、白居易（七七二～八四六）は、字を楽天《らくてん》といい、その詩は平易明快で人々に親しまれ、詩人の生前から大いに流行し、早くから日本にも伝わった。白居易は、自らの詩を諷諭・閑適・感傷・雑律の四類に分けている。諷諭詩は、主に若い頃に救世の志を抱いて詠んだ作品であり、白居易本人が自らの本領としている。新題の楽府詩によって社会の現実を諷刺しようとする詩歌革新の理念を実践する上で創作されたものであり、「新楽府」五十首、「秦中吟」十首など、杜甫の社会詩を継承し、人道主義の上に立って政治批判の意を込めた作品群である。閑適詩は、主に江州左遷以後に作られたもので、世俗から離れた日常生活の心境を詠った味わい深い作品が見られ、また感傷詩には「長恨歌」「琵琶行」など人口に膾炙した名作がある。

韓愈と共に古文復興の主唱者として知られる柳宗元《りゅうそうげん》は、流謫生活の中で自然と人生を枯淡な筆致で描いた自然詩人としても知られる。韓愈の詩派には、苦吟をもって知られる孟郊《もうこう》・賈島《かとう》らがいる。また、鬼才と称される李賀《りが》は、病的なまでに鋭い感性で詩を歌い、幻想的で鬼気迫る極めて特異な世界を現出している。他に中唐の詩人では、元稹《げんしん》・劉禹錫《りゅううしゃく》・張籍《ちょうせき》・王建《おうけん》・張継《ちょうけい》・薛濤《せっとう》らが名高い。

晩唐は、文宗の太和元年（八二七）から唐の滅亡（九〇七）までの八十年間をいう。唐王朝末期は、政治の腐敗に加えて、各地で叛乱が相次いだ。亡国の気配が漂う中、詩壇にも頽廃的、耽美的な風潮が現れ、繊細な感情を唯美的に表出することに意が用いられるようになる。晩唐の詩は、恋愛や懐旧をテーマとする詩が多く、情緒的・感傷的なものが多い。

晩唐を代表する詩人は、杜牧《とぼく》と李商隠《りしょういん》である。杜牧（八〇三～八五二）は、揚州の妓楼に流連して詩を詠じ、風流才子の名を馳せた。「江南の春」「山行」など、軽妙な中にも情感溢れる七言絶句が人々に愛誦されている。李商隠（八一三～八五八）は、政争に巻き込まれて苦悩の生涯を送り、その屈折した情念を纏綿たる恋愛詩に託して歌った。李商隠と併称される温庭筠《おんていいん》は、修辞的で繊細な詩を作り、詞の名手としても知られる。晩唐には他に、皮日休《ひじつきゅう》・羅隠《らいん》・韋荘《いそう》・魚玄機《ぎょげんき》らがいる。

作品選読

賣炭翁

炭《すみ》を売《う》る翁《おきな》

白居易《はくきょい》

賣炭翁
伐薪燒炭南山中
滿面塵灰煙火色
兩鬢蒼蒼十指黑
賣炭得錢何所營
身上衣裳口中食
可憐身上衣正單
心憂炭賤願天寒
夜來城外一尺雪
曉駕炭車輾冰轍
牛困人飢日已高

炭《すみ》を売《う》る翁《おきな》
薪《たきぎ》を伐《き》り炭《すみ》を焼《や》く　南山《なんざん》の中《うち》
満面《まんめん》の塵灰《じんかい》　煙火《えんか》の色《いろ》
両鬢《りょうびん》　蒼蒼《そうそう》　十指《じっし》黒《くろ》し
炭《すみ》を売《う》り銭《ぜに》を得《え》て　何《なん》の営《いとな》む所《ところ》ぞ
身上《しんじょう》の衣裳《いしょう》　口中《こうちゅう》の食《しょく》
憐《あわ》れむ可《べ》し　身上《しんじょう》　衣《い》正《まさ》に単《ひとえ》なり
心《こころ》に炭《すみ》の賤《やす》きを憂《うれ》え　天《てん》の寒《さむ》からんことを願《ねが》う
夜来《やらい》　城外《じょうがい》　一尺《いっしゃく》の雪《ゆき》
暁《あかつき》に炭車《たんしゃ》に駕《が》して　氷轍《ひょうてつ》を輾《きし》らしむ
牛《うし》困《つか》れ人《ひと》飢《う》えて　日《ひ》已《すで》に高《たか》く

市南門外泥中歇
翩翩兩騎來是誰
黄衣使者白衫兒
手把文書口稱敕
廻車叱牛牽向北
一車炭　千餘斤
宮使驅將惜不得
半疋紅紗一丈綾
繫向牛頭充炭直

市《いち》の南門外《なんもんがい》　泥中《でいちゅう》に歇《やす》む
翩翩《へんぺん》たる両騎《りょうき》　来《き》たるは是《こ》れ誰《たれ》ぞ
黄衣《こうい》の使者《ししゃ》　白衫《はくさん》の児《じ》
手《て》に文書《ぶんしょ》を把《と》りて　口《くち》に勅《ちょく》と称《しょう》し
車《くるま》を廻《めぐ》らし牛《うし》を叱《しっ》し　牽《ひ》きて北《きた》に向《む》かわしむ
一車《いっしゃ》の炭《すみ》　千余斤《せんよきん》
宮使《きゅうし》駆《か》り将《ゆ》けば　惜《お》しみ得《え》ず
半疋《はんぴき》の紅紗《こうさ》　一丈《いちじょう》の綾《あや》
牛頭《ぎゅうとう》に繋《か》けて　炭《すみ》の直《あたい》に充《あ》つ

◎「新楽府」五十首中の第三十二首。「賣炭翁」は、炭売りの老人。

［南山］終南山。長安の南に位置する。
［煙火色］炭焼きの煤煙ですすけた顔色。
［兩鬢］左右の耳際の毛髪。
［蒼蒼］黒と白が入り交じった色。
［何所營］いったい何をするのか。「營」は、計る。
［單］単衣の薄着。
［賤］値段が安い。
［駕］車に牛や馬を繋ぐ。

［輾］車を軋らせながらころがす。
［氷轍］凍てついた轍（車輪が通った跡）。
［困］疲れる。
［市］市場。長安には東西二つの市があった。
［歇］休憩する。
［翩翩］飛ぶように軽快なさま。
［黄衣使者］黄色い服を着た宮中の使い。「宮市使」（物資調達役の宦官）をいう。
［白衫兒］白い服を着た若者。宮市使の手下。

［敕］勅命。
［宮使］宮市使。
［驅將］駆り立てていく。「將」は助辞。
［惜不得］惜しんでも仕方がない。
［疋］「匹」に同じ。布の長さの単位。一疋は四丈。
［紅紗］赤く染めた薄絹。
［綾］綾絹。
［繫向牛頭］牛の角に掛ける。「向」は「於」に同じ。
［直］「値」に同じ。代金。

江南春

江南《こうなん》の春《はる》

杜牧《とぼく》

千里鶯啼緑映紅
水村山郭酒旗風
南朝四百八十寺
多少樓臺煙雨中

千里《せんり》　鶯《うぐいす》啼《な》いて　緑《みどり》　紅《くれない》に映《えい》ず
水村《すいそん》　山郭《さんかく》　酒旗《しゅき》の風《かぜ》
南朝《なんちょう》　四百八十寺《しひゃくはっしんじ》
多少《たしょう》の楼台《ろうだい》　煙雨《えんう》の中《うち》

◎「江南」は、長江下流の地域。今の江蘇・浙江省一帯。
［鶯］コウライウグイス。
［水村］水辺の村。
［山郭］山沿いの村。
［酒旗］酒屋の看板ののぼり。
［南朝］宋・斉・梁・陳の四王朝。
［四百八十寺］南朝の都建康（今の南京）には五百余の寺院が建立されていた。
［多少］多くの。
［樓臺］寺の堂塔。
［煙雨］霧雨。春雨。

補充作品

左遷至藍關、示姪孫湘　韓愈

一封朝奏九重天、夕貶潮州路八千。欲爲聖明除弊事、肯將衰朽惜殘年。雲横秦嶺家何在、雪擁藍關馬不前。知汝遠來應有意、好收吾骨瘴江邊。

香爐峯下、新卜山居、草堂初成、偶題東壁　白居易

日高睡足猶慵起、小閣重衾不怕寒。遺愛寺鐘欹枕聽、香爐峯雪撥簾看。匡廬便是逃名地、司馬仍爲送老官。心泰身寧是歸處、故鄉何獨在長安。

江雪　　柳宗元

千山鳥飛絶、萬徑人蹤滅。孤舟蓑笠翁、獨釣寒江雪。

楓橋夜泊　　張繼

月落烏啼霜滿天、江楓漁火對愁眠。姑蘇城外寒山寺、夜半鐘聲到客船。

山行　　杜牧

遠上寒山石徑斜、白雲生處有人家。停車坐愛楓林晩、霜葉紅於二月花。

清明　　杜牧

清明時節雨紛紛、路上行人欲斷魂。借問酒家何處有、牧童遙指杏花村。

夜雨寄北　　李商隱

君問歸期未有期、巴山夜雨漲秋池。何當共剪西窗燭、卻話巴山夜雨時。

第十一講　宋代以後の詩

東坡先生笠屐図（『施注蘇詩』）

概説 宋代以後の詩

唐代の詩が概ね自然と人生を高らかに歌いあげる主情的な詩であるとすれば、宋代の詩は、哲理的風趣をもって日常の小さなひとこまを平静淡泊に歌う主知的な詩であるといえる。

北宋初期は、楊億《ようおく》ら一群の宮廷詩人が晩唐の李商隠にならい、「西崑体《せいこんたい》」と呼ばれる詩が数十年間主流を占めるが、北宋中期に至って、欧陽脩《おうようしゅう》・梅堯臣《ばいぎょうしん》・蘇舜欽《そしゅんきん》らが現れ、平淡で理性のまさった散文的な詩を作り、宋詩の新風が拓かれた。のち、説理的な風格の詩をよくした王安石《おうあんせき》が現れ、続いて宋代第一の詩人蘇軾《そしょく》（一〇三六～一一〇一、号は東坡居士《とうばこじ》）が現れる。巨視的、楽観的な人生哲学によって、その詩は理知的でありかつ大らかで軽快な独特の風格を持つ。蘇軾門下の黄庭堅《こうていけん》は、杜甫に傾倒し、特に典故に意を用いた知的な詩風を打ち立て、「江西詩派」の祖と仰がれる。

南宋では、陸游《りくゆう》（一一二五～一二一〇、号は放翁《ほうおう》）が、北宋の蘇軾と肩を並べる。激しい憂国の情を詠う一方、日常些事や田園閑居の抒情詩も多い。南宋の詩人では他に、范成大《はんせいだい》・楊万里《ようばんり》・文天祥《ぶんてんしょう》らがよく知られ、また「永嘉の四霊」、「江湖派」と呼ばれる詩人たちがいた。なお、金の詩人としては、元好問《げんこうもん》が亡国の悲哀を力強い調子で詩に歌っている。

元代以降の詩は、詩史の上に特筆すべき新たな展開はなく、概ね宋以前のいずれかの時代や特定の詩人を模範とする詩派が各々の主張をもって次々に現れる。

明代初期には、高啓《こうけい》が清新雄壮な筆致で詩を作り、明代第一の評を得ている。永楽年間からは、中央の高官による「台閣体」と呼ばれる美辞麗句を連ねた太平歌頌の詩が一時期詩壇の中心となる。のち、「古文辞派」が台頭して、「文は秦漢、詩は盛唐」をスローガンに掲げて依拠すべき古典を限定し、李夢陽《りぼうよう》・何景明《かけいめい》ら「前七子」、李攀龍《りはんりょう》・王世貞《おうせいてい》ら「後七子」を主導者として一世を風靡する。やがてこの極端な擬古主義に対する反発が現れ、袁宗道《えんそうどう》・宏道《こうどう》・中道《ちゅうどう》三兄弟らの「公安派」は、中唐・宋代の詩を高く評価し、自由な精神で平明自然な表現をもって作詩することを提唱した。

清初の詩は、明の遺民である銭謙益《せんけんえき》・呉偉業《ごいぎょう》らによって拓かれた。康熙年間には、王士禛《おうししん》が詩壇の領袖となり、平淡清遠で言外に妙趣余韻を具えた詩をよしとする「神韻説」を唱えた。乾隆年間には沈徳潜《しんとくせん》が出て、詩の格式と声調を重視する「格調説」を唱えると、のちに袁枚《えんばい》がこれを批判して、詩は性情の流露するまま自由に歌うべきとする「性霊説」を唱えた。

なお、宋代には新しい韻文形式の文学である詞《ツー》が盛行した。詞は、もともと唐代の燕楽（酒宴用の音楽）の楽曲に合わせて作られた歌詞であったが、のちに音楽から独立して一つの詩体を形成するに至る。一種の替え歌であり、「菩薩蛮」「西江月」「蝶恋花」など曲調を表す詞牌が先にあって、各曲調ごとに字数・押韻・平仄《ひょうそく》などの規則を定めた詞譜に合わせて歌詞を填めて作る。詞の正統は、専ら男女の情愛や閨怨・離愁などを詠う繊細で艶っぽく感傷的なものであり、この婉約派の代表的詞人に柳永《りゅうえい》・周邦彦《しゅうほうげん》・李清照《りせいしょう》らがいる。これに対して豪放派は、題材を広く感懐・詠史・景物などに拡大して豪快奔放な調子で歌うもので、蘇軾によって拓かれ、辛棄疾《しんきしつ》らに受け継がれた。

作品選読

和子由澠池懷舊

人生到處知何似
應似飛鴻踏雪泥
泥上偶然留指爪
鴻飛那復計東西
老僧已死成新塔
壞壁無由見舊題
往日崎嶇還記否
路長人困蹇驢嘶

［自注］
往歲馬死於二陵、騎驢至澠池。

子由《しゆう》の「澠池懐旧《べんちかいきゅう》」に和《わ》す

蘇軾《そしょく》

人生《じんせい》　到《いた》る処《ところ》　知《し》んぬ何《なに》にか似《に》たる
応《まさ》に似《に》たるべし　飛鴻《ひこう》の雪泥《せつでい》を踏《ふ》むに
泥上《でいじょう》　偶然《ぐうぜん》　指爪《しそう》を留《とど》むるも
鴻《こう》飛《と》ばば　那《なん》ぞ復《ま》た東西《とうざい》を計《はか》らん
老僧《ろうそう》　已《すで》に死《し》して新塔《しんとう》を成《な》し
壊壁《かいへき》　旧題《きゅうだい》を見《み》るに由《よし》無《な》し
往日《おうじつ》　崎嶇《きく》たること　還《な》お記《き》するや否《いな》や
路《みち》長《なが》く人《ひと》困《つか》れ　蹇驢《けんろ》嘶《いなな》きしを

◎嘉祐六年（一〇六一）、弟蘇轍（字は子由）の詩に次韻して作った詩。澠池は、洛陽の西方にあり、蘇軾兄弟がかつて父に伴われて郷里から上京した時に立ち寄った地。

［往歳］嘉祐元年（一〇五六）を指す。

［二陵］澠池の西方、崤山にある南陵と北陵。

【参考】懐澠池、寄子瞻兄　蘇轍

相攜話別鄭原上、共道長途怕雪泥。
歸騎還尋大梁陌、行人已渡古崤西。
曾爲縣吏民知否、舊宿僧房壁共題。
遙想獨遊佳味少、無言騅馬但鳴嘶。

［到處］足跡を残す場所。

［鴻］大きな渡り鳥。鴻雁。

［那］反語。どうして。

［計東西］方向をはかり知る。

［塔］石塔。僧の墓。

［舊題］かつて書き付けた詩。

［崎嶇］山道の険しいさま。

［困］疲れる。

［蹇驢］驢馬の卑称。

［嘶］馬がいななく。

遊山西村

山西《さんせい》の村《むら》に遊《あそ》ぶ　陸游《りくゆう》

莫笑農家臘酒渾
豐年留客足鷄豚

笑《わら》う莫《な》かれ　農家《のうか》の臘酒《ろうしゅ》の渾《にご》れるを
豐年《ほうねん》　客《かく》を留《とど》めて　鷄豚《けいとん》足《た》る

山重水複疑無路
柳暗花明又一村
簫鼓追随春社近
衣冠簡朴古風存
従今若許閑乗月
拄杖無時夜叩門

山重《やまかさ》なり水複《みずかさ》なりて　路《みち》無《な》きかと疑《うたが》えば
柳暗《やなぎくら》く花明《はなあか》るく　又一村《またいっそん》
簫鼓《しょうこ》追随《ついずい》して　春社《しゅんしゃ》近《ちか》く
衣冠《いかん》簡朴《かんぼく》にして　古風《こふう》存《そん》す
今《いま》より若《も》し閑《かん》に月《つき》に乗《じょう》ずるを許《ゆる》さば
杖《つえ》を拄《つ》きて　時《とき》と無《な》く　夜門《よるもん》を叩《たた》かん

◎乾道三年（一一六七）、隆興府（江西省）の通判（副知事）の職を免ぜられて郷里に隠棲中の作。「山西」は、三山（浙江省紹興）の西。

［臘酒］年末に仕込んだ酒。「臘」は、陰暦の十二月。
［渾］濁る。
［水複］川が曲がりくねる。
［簫鼓］笛と太鼓。
［春社］春祭り。土地神を祀り豊作を祈る。
［衣冠］衣服と帽子。
［簡朴］簡単で素朴。
［乗月］月明かりに乗じて出かける。
［拄杖］杖をつく。
［無時］随時。気が向いた時に。
［叩門］訪問する。

補充作品

戲答元珍　歐陽脩

春風疑不到天涯、二月山城未見花。殘雪壓枝猶有橘、凍雷驚筍欲抽芽。夜聞歸雁生鄉思、病入新年感物華。曾是洛陽花下客、野芳雖晚不須嗟。

晩春田園雜興十二絕（其三）　范成大

蝴蝶雙雙入菜花、日長無客到田家。鷄飛過籬犬吠竇、知有行商來買茶。

尋胡隱君　高啓

渡水復渡水、看花還看花。春風江上路、不覺到君家。

秋柳（四首、其二）　王士禛

秋來何處最銷魂、殘照西風白下門。他日差池春燕影、祇今憔悴晩煙痕。愁生陌上黄驄曲、夢遠江南烏夜村。莫聽臨風三弄笛、玉關哀怨總難論。

雨霖鈴　柳永

寒蟬淒切、對長亭晚、驟雨初歇。都門帳飲無緒、留戀處、蘭舟催發。執手相看淚眼、竟無語凝噎。念去去千里煙波、暮靄沈沈楚天闊。
多情自古傷離別、更那堪冷落淸秋節。今宵酒醒何處、楊柳岸曉風殘月。此去經年、應是良辰好景虛設。便縱有千種風情、更與何人說。

水調歌頭　丙辰中秋、歡飲達旦、大醉、作此篇、兼懷子由　蘇軾

明月幾時有、把酒問靑天。不知天上宮闕、今夕是何年。我欲乘風歸去、又恐瓊樓玉宇、高處不勝寒。起舞弄淸影、何似在人閒。
轉朱閣、低綺戶、照無眠。不應有恨、何事長向別時圓。人有悲歡離合、月有陰晴圓缺、此事古難全。但願人長久、千里共嬋娟。

第二部

文

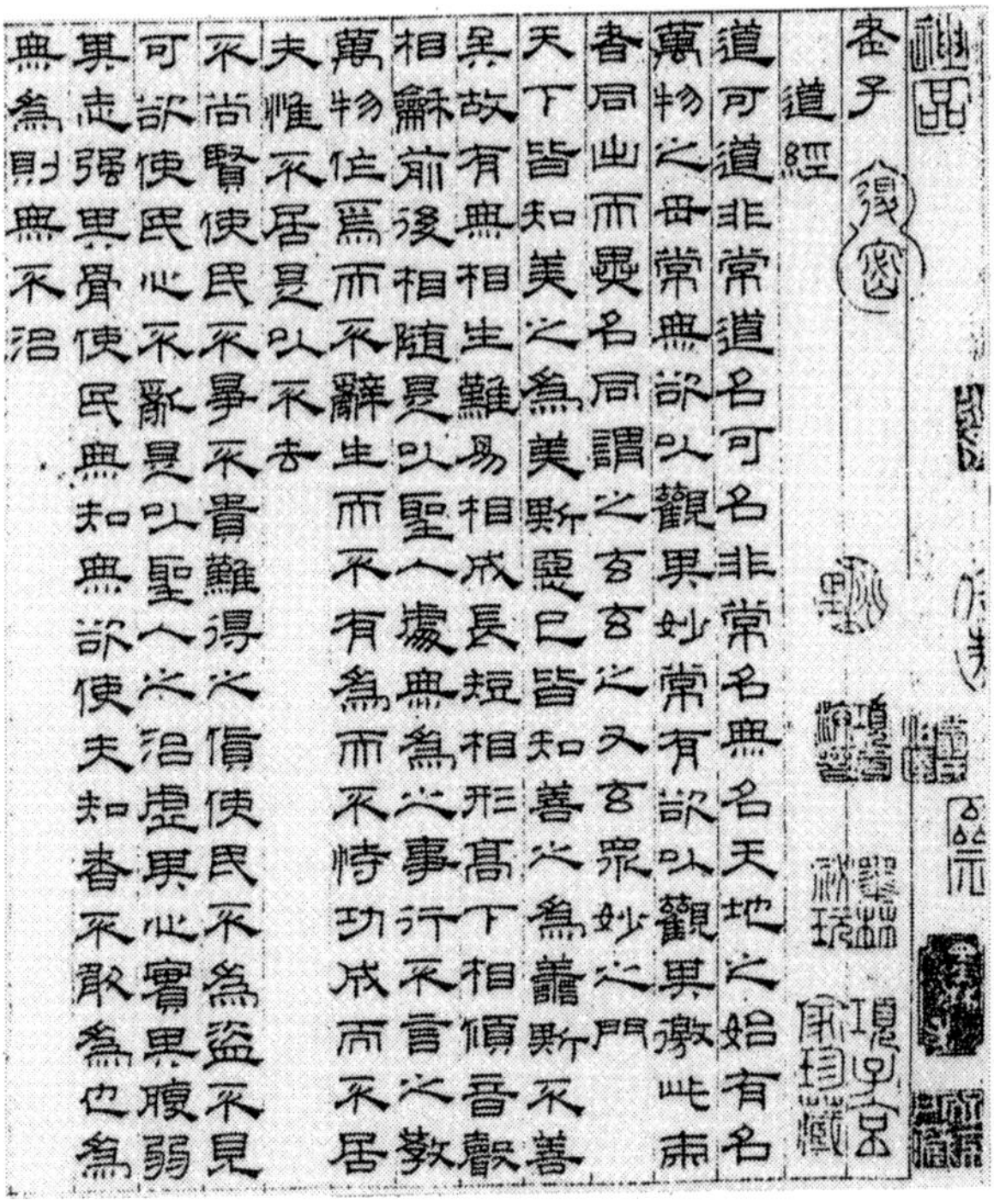

老子
道經
道可道非常道名可名非常名無名天地之始有名
萬物之母常無欲以觀其妙常有欲以觀其徼此兩
者同出而異名同謂之玄玄之又玄衆妙之門
天下皆知美之為美斯惡已皆知善之為善斯不善
已故有無相生難易相成長短相形高下相傾音聲
相和前後相隨是以聖人處無為之事行不言之教
萬物作焉而不辭生而不有為而不恃功成而不居
夫惟不居是以不去
不尚賢使民不爭不貴難得之貨使民不為盜不見
可欲使民心不亂是以聖人之治虛其心實其腹弱
其志強其骨使民無知無欲使夫知者不敢為也為
無為則無不治

隷書『道徳経』（元・呉叡）

道の道とすべきは常の道にあらず。
名の名とすべきは常の名にあらず。
無は天地の始めに名づけ、有は万物の母に名づく。
故に常無は以て其の妙を観んと欲し、常有は以て其の徼《きょう》を観んと欲す。
此の両者は同じきところより出でて名を異にす。
同じきところ之を玄と謂う。
玄のまた玄、衆妙の門。

第十二講 論語

孔子像（『孔聖家語』）

概説　論語

春秋戦国時代、周王朝はしだいに弱体化し、諸侯間の抗争が激化する。中でも、秦・楚・燕・斉・韓・趙・魏が戦国の七雄と呼ばれ、互いにしのぎを削る。各国は国力強化を図るが、そうした中、自説をかかげて諸国間を遊説して回る思想家が輩出した。彼らの主張は、富国強兵の実用的な方策のみならず、よりよい政治のあり方、人としての生き方、宇宙の原理など、ありとあらゆる問題に説き及んだ。これらの思想家を「諸子百家」と総称している。『漢書《かんじょ》』「芸文志《げいもんし》」では、「儒家・道家・陰陽家・法家・名家・墨家・縦横家・雑家・農家・小説家」の十家を挙げている。

儒家の祖と仰がれる孔子《こうし》は、名は丘《きゅう》、字は仲尼《ちゅうじ》。春秋時代の魯の人である。若い頃は下級官職に就くが、政界にて志を得ず、塾を開いて弟子を養成し、儒教の学派を形成する。当時、魯の実権は、三桓（季孫氏・孟孫氏・叔孫氏の三家）が握っていた。魯の定公が孔子を抜擢し、五十代の前半、孔子は魯の国政に当たり、大司寇（司法長官）にまで昇り、宰相の職務を代行して内政の改革を行うが、結局、三桓の専横を除くことに失敗し、五十六歳の時、官を辞して魯を去る。その後十数年間、弟子を引き連れて、衛・陳・宋・蔡・楚などの国々を渡り歩いて自説を説くが、その理想主義的な徳治政策がこの時代に受け入れられることはなく、六十九歳にして魯に帰る。そして晩年、七十三歳で生涯を閉じるまで、専ら門人の教育に当たった。

孔子の思想は、「道」の実現を目指す実践的倫理思想である。孔子の説く「道」は、人が家庭や社会で本来践み行うべき「道」を指す。これを実現するための根幹となる徳目が「仁」である。「仁」とは、人を愛し慈しむことであり、人間らしい親愛の情をいう。孔子は、国を治める為政者は、この「仁」の徳によって政治を執り行うべきであると説く。孔子の思想における内面的基盤が「仁」であれば、外面的規範が「礼」である。それは単なる形式的な儀礼作法ではなく、人が家庭や社会において行動する上での倫理的な規範であり、また同時に、国家の秩序を維持するための政治的な規律であった。

『論語《ろんご》』は、孔子の言論を中心として、門人その他の人々との問答を集めた言行録であり、孔子の教えとその学派の思想を知ることができる儒家の基本文献である。その成立は、孔子の直接の門人による記録から始まり、何代かにわたって伝承され、やがて整理されて書物の形にまとめられたものと考えられる。現在伝わる『論語』は、「学而《がくじ》」篇から始まり「堯曰《ぎょうえつ》」篇に終わる計二十篇から成り、篇名は各篇の第一章冒頭の言葉から取っている。その内容は、人としての修養の法、学問の仕方、社会に生きる人間のあり方、そして国家の政治に関わる問題まで多岐にわたる。いずれも断片的な言論の記録であるが、その中から自ずと孔子の人間像が浮き彫りにされ、また、顔回《がんかい》・子路《しろ》といった弟子たちの性格までも読み取ることができる。

『論語』の注釈書には、魏・何晏《かあん》の『論語集解《しっかい》』、梁・皇侃《おうがん》の『論語義疏』、北宋・刑昺《けいへい》の『論語正義』(『論語注疏』ともいう)、南宋・朱熹《しゅき》の『論語集注《しっちゅう》』、清・劉宝楠《りゅうほうなん》の『論語正義』などがある。

▼仁

子曰、「巧言令色、鮮矣仁。」（「學而」）

子曰、「剛毅木訥、近仁。」（「子路」）

顏淵問仁。子曰、「克己復禮爲仁。一日克己復禮、天下歸仁焉。爲仁由己、而由人乎哉。」顏淵曰、「請問其目。」子曰、「非禮勿視、非禮勿聽、非禮勿言、非禮勿動。」顏淵曰、「回雖不敏、請事斯語矣。」（「顏淵」）

［子］男子の敬称。先生。孔子を指す。

［巧言令色］言葉が巧みで、愛想がよいこと。

［鮮］少ない。ほとんどない。

［仁］儒教における最も重要な徳目。諸徳の根本となる親愛の心（親しみ慈しむ心）。人が人に対する時の本来の心の在り方をいう。

［剛毅木訥］「剛」は、意志が強い。「毅」は、果敢で決断力がある。「木」は、質朴で飾り気がない。「訥」は、口数が少なく話下手である。

［顔淵］孔子の弟子。名は回、字は子淵。

［克己復禮］自己を抑制し、礼に立ち返る。「禮」は、社会秩序を保つための伝統的な決まり事。

［目］項目。眼目。

［不敏］聡くない。愚か。

▼君子

子曰、「君子不重則不威。學則不固。主忠信、無友不如己者。過則勿憚改。」（「學而」）

子曰、「君子食無求飽、居無求安。敏於事而愼於言、就有道而正焉。可謂好學也已。」（「學而」）

子曰、「君子不器。」（「爲政」）

子曰、「君子和而不同、小人同而不和。」（「子路」）

［君子］有徳の人。立派な人格者。または、徳によって治める理想的な為政者をいう。

［重］態度が重々しい。

［威］威厳がある。

［固］固陋。偏見にとらわれて道理にくらい。

［忠信］「忠」は、自己に忠実なこと。「信」は、人との交際において信義を守ること。

［不如己者］自分に及ばない者。

［憚］ためらう。躊躇する。


［飽］腹一杯食べること。

［安］安楽・快適であること。

［敏於事］仕事が敏速である。

［愼於言］発言が愼重である。

［有道］道を修めた人。学徳の優れた人。

［器］器物。特定の用途にしか向かないものの喩え。

［和］調和する。

［同］付和雷同する。

［小人］智徳のない人間。

▼政

子曰、「爲政以德、譬如北辰居其所、而衆星共之。」（「爲政」）

子曰、「道之以政、齊之以刑、民免而無恥。道之以德、齊之以禮、有恥且格。」（「爲政」）

季康子問政於孔子曰、「如殺無道、以就有道、何如。」孔子對曰、「子爲政、焉用殺。子欲善、而民善矣。君子之德風、小人之德草。草上之風、必偃。」（「顏淵」）

季康子問政於孔子。孔子對曰、「政者正也。子帥以正、孰敢不正。」（「顏淵」）

子曰、「其身正、不令而行。其身不正、雖令不從。」（「子路」）

［譬］たとえる。
［北辰］北極星。
［共］「拱」に同じ。手を胸の前に組んでお辞儀する。
［道］「導」に同じ。
［齊］そろえる。統制する。
［免］（法令・刑罰を）くぐり抜ける。
［格］「至」に同じ。（善に）いたる。

［季康子］魯の大夫。姓は季孫、名は肥、諡は康。
［無道］道徳に背く行為をする者。悪人。
［上］加える。
［偃］なびき伏す。
［帥］率いる。率先して行う。
［令］命令する。

子曰、「學而時習之、不亦說乎。有朋自遠方來、不亦樂乎。人不知而不慍、不亦君子乎。」（「學而」）

子曰、「吾十有五而志於學、三十而立、四十而不惑、五十而知天命、六十而耳順、七十而從心所欲、不踰矩。」（「爲政」）

樊遲問仁。子曰、「愛人。」問知。子曰、「知人。」樊遲未達。子曰、「擧直錯諸枉、能使枉者直。」樊遲退、見子夏曰、「鄉也吾見於夫子而問知。子曰、『擧直錯諸枉、能使枉者直。』何謂也。」子夏曰、「富哉言乎。舜有天下、選於衆、擧臯陶、不仁者遠矣。湯有天下、選於衆、擧伊尹、不仁者遠矣。」（「顏淵」）

子曰、「有德者必有言、有言者不必有德。仁者必有勇、勇者不必有仁。」（「憲問」）

第十三講

孟子・荀子

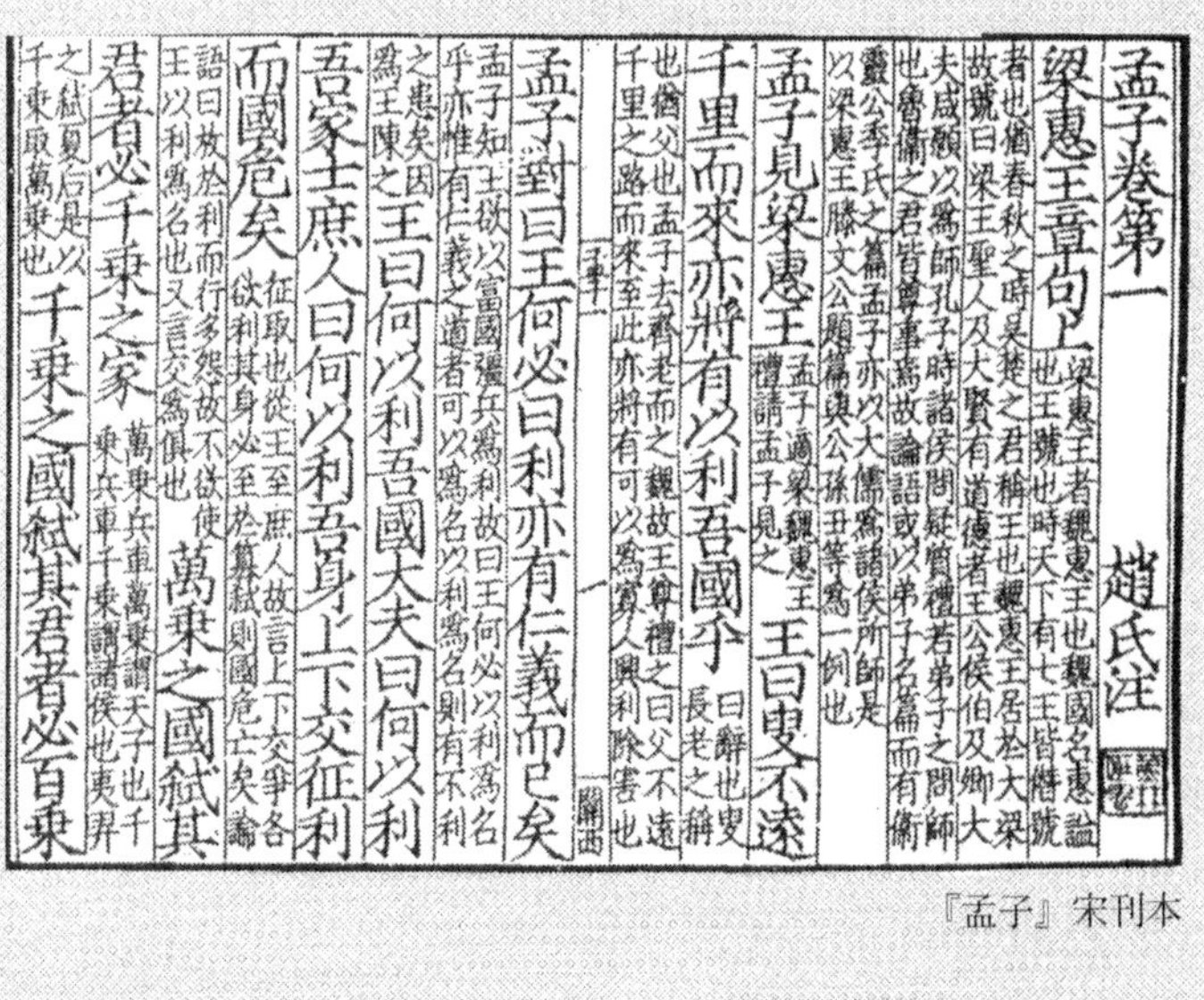
孟子卷第一　趙氏注
梁惠王章句上 梁惠王者魏惠王也魏國名惠謚也王號也時天下有七王皆僭號者也猶春秋之時吳楚之君稱王也魏惠王居於大梁故號曰梁王聖人及大賢有道德者王公侯伯及卿大夫咸願以為師孔子時諸侯問疑質禮若弟子之問師也魯衛之君皆尊事焉故論語或以弟子名篇而有衛靈公季氏之篇孟子亦以大儒為諸侯所師是以梁惠王滕文公題篇與公孫丑等為一例也
孟子見梁惠王 孟子適梁魏惠王禮請孟子見之 王曰叟不遠千里而來亦將有以利吾國乎 曰辭也叟長老之稱也猶父也孟子去齊老而之魏故王尊禮之曰父不遠千里之路而來至此亦將有可以為寡人興利除害也
孟子對曰王何必曰利亦有仁義而已矣 孟子知王欲以富國彊兵為利故曰王何必以利為名乎亦惟有仁義之道者可以為名以利為名則有不利之患矣因為王陳之 王曰何以利吾國大夫曰何以利吾家士庶人曰何以利吾身上下交征利而國危矣 征取也從王至庶人故言上下交爭各欲利其身必至於篡弒則國危亡矣論語曰放於利而行多怨故不欲使王以利為名也又言交為俱也 萬乘之國弒其君者必千乘之家 萬乘兵車萬乘謂天子也千乘兵車千乘謂諸侯也夷羿之弒夏后是以千乘取萬乘也 千乘之國弒其君者必百乘

『孟子』宋刊本

概説 孟子・荀子

孟子《もうし》は、名は軻《か》、戦国時代の鄒《すう》の人である。子思《しし》(孔子の孫)の門人に学び、孔子の儒家思想を継承発展させた。諸国を遊説して回り、他学派と対抗しながら、諸侯に対して「仁義」に基づく王道政治を説いたが、富国強兵の戦国時代にあっては迂遠な理想論とされ、共鳴を得たことはあっても、結局諸侯の採るところとはならなかった。ついに、政治への参与を断念し、故国へ帰り、門人の万章《ばんしょう》・公孫丑《こうそんちゅう》らと共に自説を書物に著し、孔子の精神を後世に伝えることに専念した。

孟子の言説は、『孟子』七篇に集録されている。後漢の趙岐《ちょうき》が注を加え、各篇を上・下に分けている。南宋の朱熹《しゅき》が「四書」(『大学』『中庸』『論語』『孟子』)の一つとして以来、儒教の経典としての地位が確立した。

孟子の思想の中核をなすものは、性善説である。人間は皆、「惻隠《そくいん》の心」、「羞悪《しゅうお》の心」、「辞譲の心」、「是非の心」を持っている。この四つの心は、「仁・義・礼・智」の萌芽であり、人間であれば誰にでも生まれながらにして備わっているものである。したがって、人間の本性は善である、と孟子は説く。しかし、欲望などによって、その本性は損なわれたり失われたりする。そこで、人は本来の良心を固く保持し、そして拡充すべしとする修養論を主張する。政治論としては、孟子は王道論を唱えた。王道とは、「人に忍びざるの心」をもって政治を行うこと、すなわち「仁政」を施すことによって、民の生活を安定させ、民を道徳的に教化し、天下の真の太平を図るものである。このように、民衆を経済的にも精神的にも満足させることによって、民衆の支持を得れば、自ずと天下を治める王者となれるとする主張であり、武力によって服従させる覇道と相対する。

荀子《じゅんし》は、名は況《きょう》、荀卿《じゅんけい》とも呼ばれた。戦国時代末期の趙の人である。五十歳を過ぎて斉に遊学し、のち楚に行き、春申君黄歇《こうけつ》に用いられて蘭陵の県令となるが、春申君が暗殺されると辞職し、そのまま蘭陵に家居し、弟子に学を講じた。その思想は、『荀子』三十二篇によって知られる。

荀子は、孔子の学派において、特に「礼」の精神を継承した子遊《しゆう》・子夏《しか》の学統に属し、子思・孟子に対抗して、性悪説を唱えた。人間は生まれながらにして様々な欲望や本能を持っており、あるがままにしておけば、社会の秩序は混乱する。したがって、人間の本性は悪である、と荀子は説く。そこで、人の欲を制し、供給を適当に分けるためには、先王が制定した規則である「礼」によらねばならぬとし、また、この悪なる性を善に導く方法として、学問・教育の必要を説いた。荀子の思想の目指すところは、社会生活における人間の行為を客観的・現実的に把握し、そこから天下の秩序を保つための妥当な法則を打ち立てることにあった。また、儒家思想において「天」は人間社会を規定する絶対的な存在として崇められてきたのに対し、荀子は、天と人間とは相互に関わりを持たない独立した存在であるとする「天人分離」の説を唱え、人間の主体的な生き方を説いた。

荀子は儒家に属するが、その思想内容は、儒家の範疇を越える面があり、門下から韓非《かんぴ》ら法家の思想家を出している。

孟子

孟子見梁惠王。王曰、「叟不遠千里而來、亦將有以利吾國乎。」

孟子對曰、「王何必曰利。亦有仁義而已矣。王曰何以利吾國、大夫曰何以利吾家、士庶人曰何以利吾身、上下交征利、而國危矣。萬乘之國、弑其君者、必千乘之家。千乘之國、弑其君者、必百乘之家。萬取千焉、千取百焉、不爲不多矣。苟爲後義而先利、不奪不饜。未有仁而遺其親者也。未有義而後其君者也。王亦曰仁義而已矣。何必曰利。」（梁惠王上）

［梁惠王］魏の恵王。名は罃《おう》。魏は恵王の時に都を安邑（今の山西省夏県）から大梁（今の河南省開封）に移したので、国号を梁ともいう。

［叟］長老に対する尊称。老先生。

［利］利益を与える。

［仁義］「仁」は、人を愛し慈しむ心。「義」は、行為が宜しきを得、正しい筋道にかなうこと。

［大夫］高級官吏。周代では、天子・諸侯の臣下は「卿・大夫・士」の身分に分かれていた。

［家］諸侯から与えられた領地。支配権の及ぶ範囲を、天子は「天下」、諸侯は「國」、卿・大夫は「家」と呼んだ。

［士庶人］「士」は、下級官吏。「庶人」は、仕官していない庶民。
［征］取る。
［萬乘之國］兵車一万台の大国。当時は兵車の保有台数で国力を表した。
［弑］下の者（臣下）が上の者（主君）を殺す。
［萬取千］万乗の国で千乗相当（すなわち十分の一）の領地を所有する。
［不奪不饜］奪い尽くさなければ満足しない。
［遺］遺棄する。すてる。

孟子曰、「人皆有不忍人之心。先王有不忍人之心、斯有不忍人之政矣。以不忍人之心、行不忍人之政、治天下可運之掌上。所以謂人皆有不忍人之心者、今人乍見孺子將入於井、皆有怵惕惻隱之心。非所以內交於孺子之父母也。非所以要譽於鄉黨朋友也。非惡其聲而然也。由是觀之、無惻隱之心、非人也。無羞惡之心、非人也。無辭讓之心、非人也。無是非之心、非人也。惻隱之心、仁之端也。羞惡之心、義之端也。辭讓之心、禮之端也。是非之心、智之端也。人之有是四端也、猶其有四體也。有是四端而自謂不能者、自賊者也。謂其君不能者、賊其君者也。凡有四端於我者、知皆擴而充之矣、若火之始然、泉之始達。苟能充之、足以保四海。苟不充之、不足以事父母。」（公孫丑上）

［不忍人之心］人の不幸を見過ごすに堪えられない心。思いやりの心。同情心。
［先王］古の聖王。堯・舜・禹、殷の湯王、周の文王・武王を指す。
［可運之掌上］手のひらの上で転がすことができる。極めて容易であることを喩える。
［乍］突然。不意に。
［孺子］幼児。
［怵惕惻隱之心］「怵惕」は、ハッと驚き恐れる。「惻隱」は、憐れみ痛む。
［內交］交際を結ぶ。「內」は「納」に同じ。
［要譽］名誉を求める。
［鄕黨］郷里の人々。
［惡其聲］風評が立つのを嫌う。
［羞惡］不善を恥じ憎む。
［辭讓］辞退して人に譲る。
［是非］善悪を判断する。
［端］発端。芽生え。
［四體］両手両足。
［自賊］自らを損なう。自分を見捨てる。
［擴而充之］推し広めて充実させる。
［火之始然］火が燃え始める。「然」は「燃」に同じ。
［泉之始達］泉がはじめて地上に湧き出る。
［保四海］天下を治め保つ。
［事］仕える。

荀子

人之性惡、其善者僞也。今人之性、生而有好利焉。順是、故爭奪生而辭讓亡焉。生而有疾惡焉。順是、故殘賊生而忠信亡焉。生而有耳目之欲好聲色焉。

順是、故淫亂生而禮義文理亡焉。然則從人之性、順人之情、必出於爭奪、合於犯分亂理、而歸於暴。故必將有師法之化、禮義之道、然後出於辭讓、合於文理、而歸於治。用此觀之、然則人之性惡明矣。其善者僞也。（性惡篇）

［性］生まれながらの本性。
［僞］後天的な人為。
［疾惡］妬み憎む。
［殘賊］傷つけ殺し合う。
［淫亂］淫らで節度を失うこと。
［耳目之欲］感覚器官の欲望。
［禮義］伝統に則した正しい生き方。
［文理］物事の筋目、道理。
［出於、合於、歸於］はじめに…が起こり、やがて…となり、ついには…となる。
［犯分亂理］秩序が犯され道理が乱れる。
［師法之化］先生の教えによる感化。

補充作品

孟子曰、「以力假仁者霸。霸必有大國。以德行仁者王。王不待大。湯以七十里、文王以百里。以力服人者、非心服也。力不贍也。以德服人者、中心悅而誠服也。如七十子之服孔子也。詩云、『自西自東、自南自北、無思不服。』此之謂也。」（孟子・公孫丑上）

告子曰、「性猶湍水也。決諸東方則東流、決諸西方則西流。人性之無分於善不善也、猶水之無分於東西也。」孟子曰、「水信無分於東西、無分於上下乎。人性之善也、猶水之就下也。人無有不善、水無有不下。今夫水、搏而躍之、可使過顙、激而行之、可使在山。是豈水之性哉。其勢則然也。人之可使爲不善、其性亦猶是也。」(孟子・告子上)

君子曰、「學不可以已。青取之於藍而青於藍、冰水爲之而寒於水。」木直中繩、輮以爲輪、其曲中規。雖有槁暴、不復挺者、輮使之然也。故木受繩則直、金就礪則利、君子博學而日參省乎己、則智明而行無過矣。故不登高山、不知天之高也。不臨深谿、不知地之厚也。不聞先王之遺言、不知學問之大也。干越夷貉之子、生而同聲、長而異俗、教使之然也。(荀子・勸學篇)

第十四講

老子・荘子

老子像（『歴代古人像賛』）

概説　老子・荘子

老子《ろうし》は、道家の祖とされる人物であるが、その伝記はよくわからない。姓は李、名は耳《じ》、字は聃《たん》、楚の苦《こ》県の人とされているが、その実在を否定し、道家の学派による架空の人物とする説もある。

老子の著書とされる『老子』は、上下二編八十一章に分かれ、『道徳経《どうとくきょう》』とも呼ばれる。道家系の学説・言説が積み重ねられ、何世代も伝承されてきたものが、戦国時代末期頃に書物の形にまとめられたものと考えられる。その文章は、対句と比喩を多用し、逆説的な論法を巧みに用いている。簡潔な中に深遠な思想が述べられており、哲学的な格言集の如き印象を与える。

老子の思想は、**その根本理念として**「道」を唱える。「道」とは、形而上的な実在であり、天地万物の根源を指す。万物を生成消滅させながら、それ自身は生滅を超越した唯一普遍的な存在、つまり、宇宙自然のあらゆる現象の根底に潜んでいる原理をいう。老子は、人間は「道」に随順してゆかねばならないと説く。そのためには、人為の文明によって失われた本来の純朴で自然な生き方を取り戻さなければならない。そこで、人為を用いず、「無為自然」にして「道」に最も近い生き方をせよと言う。また、これを政治論に応用し、為政者は、人為的な制度や法令によらず、不必要な干渉をせずに、「無為」にして治めれば、人民が支配者の存在を意識することもなく、天下は自ずと円満に治めることができると説いた。老子の考えた理想の国家形態は、民衆は無知無欲で、素朴な自給自足の農村共同体からなる「小国寡民」の原始的社会であった。

荘子《そうし》は、名は周《しゅう》。戦国時代、宋の蒙《もう》の人である。その著書『荘子《そうじ》』は、三十三篇（内篇七、外篇十五、雑篇十二）から成る。中でも巻頭の「逍遥遊」「斉物論」の二篇が、『荘子』の精髄とされる。

荘子の思想は、老子を受け継ぐものとされるが、両者の間には大きな差異が認められる。老子は、形而上学的ではあるが、他の諸子百家と同様に、現実の社会・政治について語り、天下を治める法を説いたが、荘子にはそれがなく、個人の安心立命と絶対的自由の精神が説かれている。荘子の根幹をなすものは、老子と同じ「道」であるが、老子がこの概念をごく直観的に表現したのに対して、荘子は、これをより論理的にとらえ、そして、この「道」を体得実践することによって、何ものにもとらわれない絶対的自由の境地に至る方法を説いた。荘子独自の万物斉同の哲学によれば、世俗における万物の価値の差はいずれも人間の作為による相対的なものであり、「道」の絶対性のもとでは、現実世界における大小・是非・善悪・美醜・生死など一切の対立と差別は消滅する。このように、全てのものを自然（自ずから然るもの）として、ありのままに認め、与えられたものをそのままに受け入れれば、そこに喜怒哀楽の情の入る余地はなく、したがって、何ものにも執着することなく、無心の境地にわが身をゆだねることができる。こうして「道」と一体化し、人為によって本性を損なうことなく、その本性を全うして生きることが、人間本来のあり方であると説く。

『荘子』の文章は、人の意表をつく奔放な比喩を駆使した巧みな寓言が随所にみられ、空想力とユーモアに溢れ、諸子百家の散文の中で最も文学性に富むものといえる。

作品選読

老子

道可道、非常道。名可名、非常名。無名天地之始、有名萬物之母。故常無欲以觀其妙、常有欲以觀其徼。此兩者、同出而異名。同謂之玄。玄之又玄、衆妙之門。（第一章）

［道可道］世に道とされている道。
［常道］恒常不変、唯一絶対の道。
［名可名］言葉で名付けられている名。
［常名］事物の本質を表す名。
［妙］道の霊妙な働き。
［徼］はて。へり。末梢的な現象。
［玄］奥深く測り知れないもの。
［衆妙之門］諸々の霊妙な働きが営まれる門。

不尚賢、使民不爭。不貴難得之貨、使民不爲盜。不見可欲、使民心不亂。是以聖人之治、虚其心、實其腹、弱其志、强其骨。常使民無知無欲、使夫智者不敢爲也。爲無爲、則無不治。（第三章）

〔尚賢〕 賢者を尊ぶ。

〔不見可欲〕 人が欲して当然のものを見せない。

〔聖人〕 道家の説く「道」を体得した為政者。

〔虚其心、實其腹〕 欲望をなくして心を浄化し、腹を満たして生活を安定させる。

〔弱其志、強其骨〕 名利や物欲に対する志向を弱め、心身を頑健にさせる。

〔無知無欲〕 知恵や欲望がないさま。

〔爲無爲〕 無為自然の政治を行う。為政者が作為を施さず、自然の理に従う態度で治める。

小國寡民。使有什伯之器而不用、使民重死而不遠徙。雖有舟輿、無所乘之、雖有甲兵、無所陳之。使民復結繩而用之、甘其食、美其服、安其居、樂其俗。鄰國相望、鷄犬之聲相聞、民至老死、不相往來。（第八十章）

〔寡民〕 少ない住民。

〔什伯之器〕 さまざまな器具。「什伯」は、十と百。数が多いこと。

〔重死〕 死を重視する。生命を大切にする。

〔遠徙〕 遠方へ移り住む。

〔舟輿〕 舟と車。

〔甲兵〕 鎧と武器。

〔陳〕 並べる。

〔結縄〕 文字の無い太古の時代、縄の結び目によって意思を伝達したことをいう。

〔甘〕 うまいと思う。満足する。

荘子

北冥有魚、其名爲鯤。鯤之大、不知其幾千里也。化而爲鳥、其名爲鵬。鵬之背、不知其幾千里也。怒而飛、其翼若垂天之雲。是鳥也、海運則將徙於南冥。南冥者、天池也。齊諧者、志怪者也。諧之言曰、「鵬之徙於南冥也、水擊三千里、摶扶搖而上者九萬里、去以六月息者也。」

蜩與學鳩笑之曰、「我決起而飛、搶楡枋、時則不至而控於地而已矣。奚以之九萬里而南爲。」適莽蒼者、三飡而反、腹猶果然。適百里者、宿舂糧。適千里者、三月聚糧。之二蟲又何知。小知不及大知、小年不及大年。奚以知其然也。朝菌不知晦朔、蟪蛄不知春秋、此小年也。楚之南有冥靈者、以五百歳爲春、五百歳爲秋。上古有大椿者、以八千歳爲春、八千歳爲秋。而彭祖乃今以久特聞、衆人匹之、不亦悲乎。（逍遙遊）

［北冥］北の果ての暗い海。
［鯤］大魚の名。字義は、魚の卵。
［怒］勢いをつける。
［垂天］天空一面を覆う。

［海運］海が荒れる。
［齊諧］書名。一説に、人名。
［志怪］怪異を記録する。
［水擊］水面を滑走する。
［摶］打つ。羽ばたく。
［扶搖］つむじ風。
［息］一呼吸する。
［蜩］蝉の一種。
［學鳩］小さい鳩の一種。
［決起］勢いよく飛び上がる。
［搶］いたる。とどく。
［楡枋］にれ・まゆみ。
［控］（地面に）落ちる。
［適］行く。
［莽蒼］郊外の野原。

［三飡］三度食事をする。
［果然］腹一杯のさま。
［宿］前夜から。一晩中。
［舂糧］米をうすづいて食糧を用意する。
［二蟲］「蜩」と「學鳩」を指す。「蟲」は広く動物全般を指す。
［朝菌］朝に生えて晩に枯れるというきのこ。
［晦朔］月の終わりと始め。一ヶ月。
［蟪蛄］春に生まれて夏に死ぬ（または夏に生まれて秋に死ぬ）という蝉。
［冥靈］冥海の霊物。神亀。一説に、神木の名。
［大椿］太古の霊木の名。
［彭祖］伝説上の人物。堯帝の臣下で八百歳の長寿を保ったとされる。
［匹］並ぶ。

補充作品

大道廢有仁義。智慧出有大僞。六親不和有孝慈。國家昏亂有忠臣。（老子・第十八章）

人之生也柔弱、其死也堅強。萬物草木之生也柔脆、其死也枯槁。故堅強者死之徒、柔弱者生之徒。是以兵強則滅、木強則折。強大處下、柔弱處上。（老子・第七十六章）

昔者莊周夢爲胡蝶。栩栩然胡蝶也。自喩適志與、不知周也。俄然覺、則蘧蘧然周也。不知周之夢爲胡蝶與、胡蝶之夢爲周與。周與胡蝶、則必有分矣。此之謂物化。（莊子・齊物論）

莊子妻死、惠子弔之。莊子則方箕踞鼓盆而歌。惠子曰、「與人居、長子老身、死不哭亦足矣。又鼓盆而歌、不亦甚乎。」莊子曰、「不然。是其始死也、我獨何能無概然。察其始、而本無生。非徒無生也、而本無形。非徒無形也、而本無氣。雜乎芒芴之閒、變而有氣、氣變而有形、形變而有生、今又變而之死。是相與爲春秋冬夏四時行也。人且偃然寢於巨室、而我嗷嗷然隨而哭之、自以爲不通乎命、故止也。」（莊子・至樂）

第十五講　史記

司馬遷像（『三才図会』）

概説　史記

『史記《しき》』は中国最初の通史であり、また正史の第一である。『史記』の著者司馬遷《しばせん》は、字を子長《しちょう》といい、また自らを太史公《たいしこう》と称した。漢の景帝の中元五年（前一四五）に、太史令（天文・暦法・文書管理などを職掌とする史官の長）の司馬談《しばだん》の子として生まれた。司馬遷の伝記は、『史記』列伝末尾の「太史公自序」と『漢書《かんじょ》』の「司馬遷伝」によって、そのあらましを知ることができる。

司馬遷は、その生涯において二度の諸国歴遊の旅に出ている。初めは二十歳の時、長安を出て、南方から北方まで中国のほぼ全域を踏破し、舜《しゅん》・禹《う》の伝説の地から楚漢興亡の舞台に至るまで、各地の歴史的遺跡を遍く巡った。帰京して郎中（宮中の宿衛官）に任ぜられた後、さらに西南地方の視察のため、現在の四川・雲南一帯へ派遣されている。この二度にわたる大旅行での体験は、史官としての司馬遷にとって大いに有益であったと思われる。元封元年（前一一〇）、司馬遷三十六歳の年、武帝は、天子として泰山にて天と地を祭る封禅《ほうぜん》の儀を挙行した。父司馬談は太史令の職にありながら、病気のためこの大典に参加できず、憤悶のうちに世を去るが、その臨終の際に司馬遷に後事を託し、『春秋《しゅんじゅう》』を継ぐ史書の完遂を嘱した。父の喪が明けると、司馬遷は太史令となり、四十二歳の時に、『史記』の著述に着手する。時に、武帝は、数次にわたって北方の匈奴を制圧するための遠征軍を派遣していた。天漢二年（前九九）の討伐戦の際、武将李陵《りりょう》が降伏した。李陵は、五千の歩兵を率いて匈奴の大軍と奮戦したが、ついに衆寡敵せず、匈奴に降ったのであるが、朝廷では李陵に対する非難の声が高まった。武帝からの下問があった折に、司馬遷は李陵を弁護するが、これが武帝の怒りを招き、獄に投ぜられる。そして翌年、司馬遷四十八歳の年、宮刑（男根を切断する刑罰）という屈辱的な刑に処せられる。この実生活における決定的な挫折が、その後の司馬遷の心境に甚大な影響を与えたことは言うまでもない。恥辱に苦しみつつも、この悲運にかえって発憤し、修史の事業に心魂を傾け、五十五歳の頃、ついに『史記』を完成させた。

『史記』は、全百三十巻（百三十篇）より成り、「本紀《ほんぎ》」十二篇、「表」十篇、「書」八篇、「世家《せいか》」三十篇、「列伝」七十篇で構成されている。それ以前の史書が、『春秋』に代表されるような編年体であるのに対して、司馬遷は、「本紀」「世家」「列伝」を主とする紀伝体《きでんたい》と呼ばれる新しい史書の体裁を創始した。皇帝から庶民に至るまで、あらゆる階層の人々の生きざまに目が向けられ、いわば個々の人間を主体とした歴史記録の方法である。


［本紀］…黄帝から漢の武帝に至るまで、歴代の天子・皇帝の事績を記す。

［表］…春秋時代の「十二諸侯年表」、戦国時代の「六国年表」など、十種類の年表から成る。

［書］…礼楽・暦法・天文・祭祀・治水・経済など、漢代における文化・制度の沿革を記す。

［世家］…周から漢初に至る諸侯について記す。

［列伝］…宰相・将軍・学者・役人から、刺客・遊侠・商人まで、周初から漢の武帝の時代に至るまでの多種多様な人物の伝記、および匈奴・南越・朝鮮など周辺の異民族について記す。

作品選読

項羽本紀（節録）

沛公旦日從百餘騎來見項王。至鴻門、謝曰、「臣與將軍戮力而攻秦。將軍戰河北、臣戰河南。然不自意能先入關破秦、得復見將軍於此。今者有小人之言、令將軍與臣有郤。」項王曰、「此沛公左司馬曹無傷言之。不然、籍何以至此。」項王卽日因留沛公與飲。項王・項伯東嚮坐、亞父南嚮坐。亞父者、范增也。沛公北嚮坐、張良西嚮侍。范增數目項王、擧所佩玉玦以示之者三。項王默然不應。范增起、出召項莊謂曰、「君王爲人不忍。若入前爲壽。壽畢、請以劍舞、因擊沛公於坐、殺之。不者、若屬皆且爲所虜。」莊則入爲壽。壽畢曰、「君王與沛公飲、軍中無以爲樂。請以劍舞。」項王曰、「諾。」項莊拔劍起舞。項伯亦拔劍起舞、常以身翼蔽沛公。莊不得擊。

［沛公］劉邦。のちの漢の高祖。沛（江蘇省）で兵を起こしたのでこう称する。

［旦日］翌朝。

［項王］項羽。秦末の武将。名は籍。羽は字。

［鴻門］地名。今の陝西省臨潼県の東。

［戮力］力を合わせる。

［河北］黄河以北の地。

［入關破秦］関中（今の陝西省一帯）に攻め入って秦を滅ぼす。

［郤］「隙」に同じ。隙間。仲違い。

［左司馬］武官名。

［項伯］項羽の叔父。名は纏。伯は字。

［東嚮］東向きに。「嚮」は「向」に同じ。古代、同一平面上では東向きを尊位とした。

［亞父］父に次いで尊敬する人の意。

［范增］項羽の軍師。

［張良］沛公の参謀。字は子房。

［目］目で合図する。

［佩］腰につける。

［玉玦］玉製の輪で一部が欠けているもの。「玦」は「決」に通じ、決断を表す。

［項莊］項羽の従弟。

［爲人］人柄。生まれつきの性質。

［不忍］残忍な行為ができない。

［爲壽］（酒杯を献じて）健康・長寿を祝う。

［若屬］お前たち。「屬」は、ともがら。

［爲所虜］とりこにされる。

［翼蔽］（親鳥が翼で雛を覆うように）かばい守る。


於是張良至軍門、見樊噲。樊噲曰、「今日之事何如。」良曰、「甚急。今者項莊拔劍舞、其意常在沛公也。」噲曰、「此迫矣。臣請入與之同命。」

噲卽帶劍擁盾入軍門。交戟之衞士欲止不內。樊噲側其盾以撞、衞士仆地。噲遂入、披帷西嚮立、瞋目視項王。頭髮上指、目眥盡裂。項王按劍而跽曰、「客何爲者。」張良曰、「沛公之參乘樊噲者也。」項王曰、「壯士、賜之卮酒。」則與斗巵酒。噲拜謝起、立而飲之。項王曰、「賜之彘肩。」則與一生彘肩。樊噲覆其盾於地、加彘肩上、拔劍切而啗之。項王曰、「壯士、能復飲乎。」樊噲曰、「臣死且不避、巵酒安足辭。夫秦王有虎狼之心。殺人如不能擧、刑人如恐不勝。天下皆叛之。懷王與諸將約曰、『先破秦入咸陽者王之』。今沛公先破秦入咸陽、豪毛不敢有所近。封閉宮室、還軍霸上、以待大王來。故遣將守關者、備他盜出入與非常也。勞苦而功高如此、未有封侯之賞。而聽細說、欲誅有功之人。此亡秦之續耳。竊爲大王不取也。」項王未有以應、曰、「坐。」樊噲從良坐。坐須臾、沛公起如廁、因招樊噲出。

[樊噲] 劉邦の部下の武将。
[擁盾] 盾を脇にかかえる。
[交戟之衞士] ほこを互いに交差させて軍門を守る兵士。
[側] 横に傾ける。
[撞] 突く。
[仆] 倒れる。
[披帷] 幕を引き開ける。
[瞋目] 目をむく。にらむ。
[頭髮上指] 髪の毛が逆立つ。
[目眥] まなじり。
[按劍而跽] 剣の柄に手をかけ片膝を立てる。
[參乘] 陪乘者。馬車に同乘する護衞。
[壯士] 勇壯な男。
[斗巵酒] 一斗入りの大杯の酒。
[彘肩] 豚の肩肉。

〔覆〕　裏返しにして伏せる。
〔啗〕　むさぼり食う。
〔虎狼之心〕　虎や狼のように残忍で貪欲な心。
〔如不能擧〕　多くて数えきれないほどだ。
〔如恐不勝〕　…しきれないのを恐れるほどだ。
〔懐王〕　楚の懐王。
〔咸陽〕　秦の都。今の陝西省咸陽市の東北。
〔豪毛〕　ごくわずか。

〔霸上〕　地名。今の陝西省西安市の東。
〔封侯之賞〕　領地を与えて諸侯に立てる賞賜。
〔細說〕　つまらぬ者の言葉。
〔誅〕　罪によって処刑する。
〔亡秦之續〕　滅びた秦の二の舞。
〔竊〕　心中ひそかに思うには。
〔須臾〕　しばらく。ごくわずかの時間。

沛公已出。項王使都尉陳平召沛公。沛公曰、「今者出、未辭也。爲之奈何。」樊噲曰、「大行不顧細謹、大禮不辭小讓。如今人方爲刀俎、我爲魚肉。何辭爲。」於是遂去。乃令張良留謝。良問曰、「大王來何操。」曰、「我持白璧一雙、欲獻項王、玉斗一雙、欲與亞父、會其怒、不敢獻。公爲我獻之。」張良曰、「謹諾。」

當是時、項王軍在鴻門下、沛公軍在霸上、相去四十里。沛公則置車騎、脫身獨騎、與樊噲・夏侯嬰・靳彊・紀信等四人持劍盾步走、從酈山下、道芷陽間行。沛公謂張良曰、「從此道至吾軍、不過二十里耳。度我至軍中、公乃入。」沛公已去、間至軍中、張良入謝曰、「沛公不勝桮杓、不能辭。謹使臣良奉白璧一雙、再拜獻大王足下、玉斗一雙、再拜奉大將軍足下。」項王曰、「沛公安在。」良曰、「聞大王有意督過之、脫身獨去、已至軍矣。」項王則受璧、置之坐上。亞父受玉斗、置之地、拔劍撞而破之曰、「唉、豎子不足與謀。奪項王天下者、必沛公也。吾屬今爲之虜矣。」沛公至軍、立誅殺曹無傷。


［都尉］軍事を司る官。高級将校。

［陳平］項羽の部下の武将。この時は項羽に従っていた。のち劉邦に仕える。

［辭］別れの挨拶をする。

［大行不顧細謹］大事を行うには些細な礼儀作法にこだわらない。

［大禮不辭小讓］大きな礼節を守るにはつまらぬ譲り合いは問題にしない。

［刀俎］包丁とまな板。

［操］（手みやげとして）持参する。

［白璧］白色の平たい環状の宝玉。

［玉斗］ひしゃく型の玉製の酒器。

［車騎］馬車と騎馬の従者。

［夏侯嬰・靳彊・紀信］劉邦の部下の武将。

［酈山］今の陝西省臨潼県の東南にある山。

［芷陽］今の陝西省西安市の東北。

［間行］間道（抜け道）を通る。

［不勝桮杓］これ以上酒を飲めない。「桮」は「杯」に同じ。「杓」は酒を酌むひしゃく。

［督過］過失を責める。とがめる。

［豎子］小僧。

補充作品

項羽本紀（節録）

項王軍壁垓下。兵少食盡。漢軍及諸侯兵圍之數重。夜聞漢軍四面皆楚歌、項王乃大驚曰、「漢皆已得楚乎。是何楚人之多也。」項王則夜起、飲帳中。有美人名虞、常幸從。駿馬名騅、常騎之。於是項王乃悲歌忼慨、自爲詩曰、「力拔山兮氣蓋世、時不利兮騅不逝。騅不逝兮可奈何、虞兮虞兮奈若何。」歌數闋、美人和之。項王泣數行下。左右皆泣、莫能仰視。

高祖本紀（節録）

高祖置酒雒陽南宮。高祖曰、「列侯諸將無敢隱朕、皆言其情。吾所以有天下者何、項氏之所以失天下者何。」高起・王陵對曰、「陛下慢而侮人、項羽仁而愛人。然陛下使人攻城略地、所降下者、因以予之、與天下同利也。項羽妒賢嫉能、有功者害之、賢者疑之。戰勝而不予人功、得地而不予人利。此所以失天下也。」高祖曰、「公知其一、未知其二。夫運籌策帷帳之中、決勝於千里之外、吾不如子房。鎭國家、撫百姓、給餽饟、不絕糧道、吾不如蕭何。連百萬之軍、戰必勝、攻必取、吾不如韓信。此三者、皆人傑也。吾能用之。此吾所以取天下也。項羽有一范增而不能用。此其所以爲我擒也。」

淮陰侯列傳（節録）

漢六年、人有上書告楚王信反。高帝以陳平計、天子巡狩會諸侯。南方有雲夢。發使告諸侯、「會陳。吾將游雲夢。」實欲襲信、信弗知。高祖且至楚、信欲發兵反。自度無罪、欲謁上、恐見禽。人或說信曰、「斬眛謁上、上必喜、無患。」信見眛計事。眛曰、「漢所以不擊取楚、以眛在公所。若欲捕我以自媚於漢、吾今日死。公亦隨手亡矣。」乃罵信曰、「公非長者。」卒自剄。信持其首、謁高祖於陳。上令武士縛信、載後車。信曰、「果若人言、『狡兔死、良狗亨。高鳥盡、良弓藏。敵國破、謀臣亡。』天下已定、我固當亨。」上曰、「人告公反。」遂械繫信。至雒陽、赦信罪、以爲淮陰侯。

第十六講　十八史略

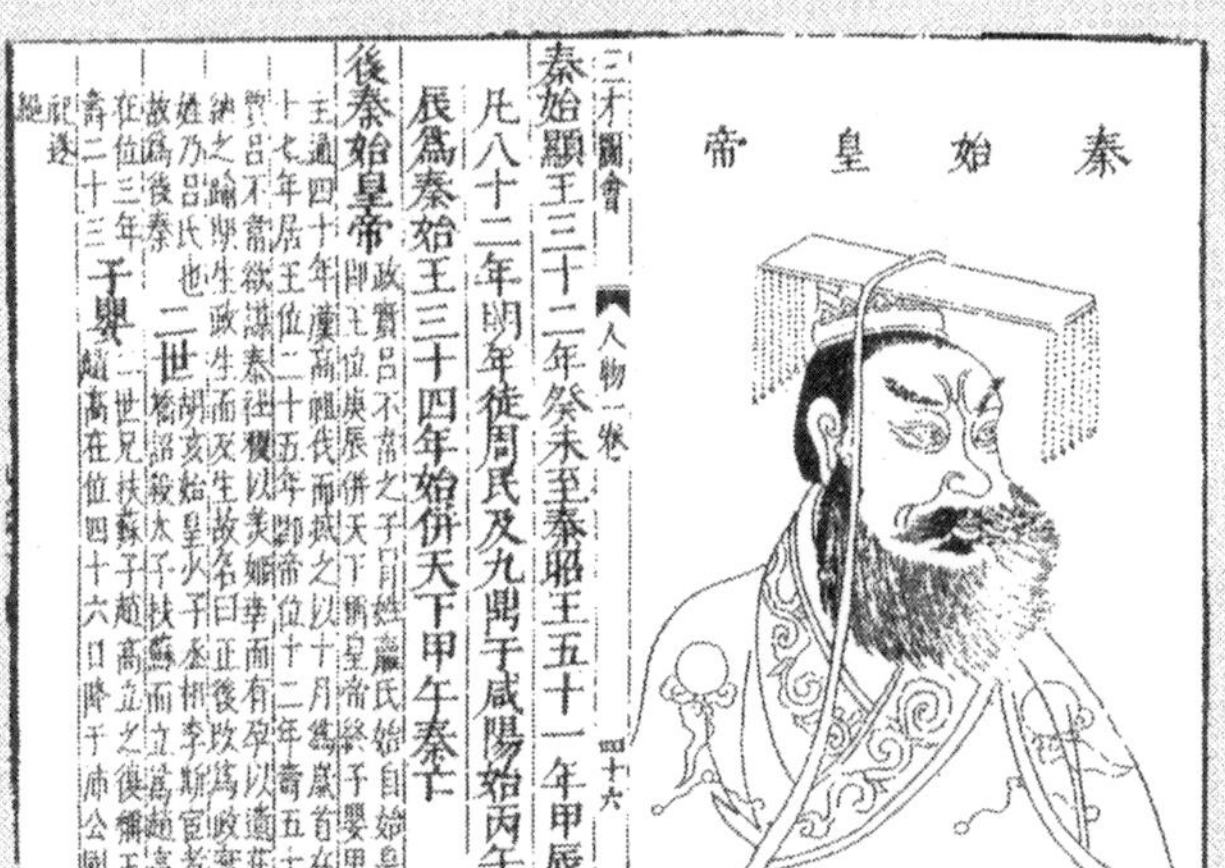

秦始皇帝像（『三才図会』）

概説　十八史略

中国では、古来おびただしい数の史書が編纂されている。その中で、正史として公認されている歴代の史書は、『史記』をはじめとして、『漢書』『後漢書』『三国志』『晋書』『宋書』『南斉書』『梁書』『陳書』『後魏書』『北斉書』『周書』『隋書』『南史』『北史』『旧唐書《くとうじょ》』『新唐書』『旧五代史』『新五代史』『宋史』『遼史』『金史』『元史』『新元史』『明史』の二十五史である。

『史記』以前には、魯国の歴史を編年体で記した『春秋《しゅんじゅう》』、およびこれに左丘明《さきゅうめい》が「伝」（解釈）を施した『春秋左氏伝』（略称『左伝』）、春秋時代の列国の事蹟を国別に記した『国語《こくご》』、戦国時代の遊説家の策謀を国別に記した『戦国策《せんごくさく》』などがある。編年体の通史としては、古代より唐末までを記した『資治通鑑《しじつがん》』（北宋・司馬光《しばこう》撰）が名高く、初学者向けに編纂された歴史書としては、『十八史略《じゅうはっしりゃく》』がよく知られる。

『十八史略』の著者曾先之《そうせんし》は、字は孟参《もうしん》、宋末元初の人である。『十八史略』は、太古の神話伝説の時代から南宋王朝滅亡までのことを記した歴史教材である。『史記』以下の正史は人物の伝記を中心に構成する紀伝体で書かれており、歴史の中の一人一人の人物について知るには優れた記述方法であるが、しかし、ある時代全体の動向や、ある歴史的事件の推移を大きくつかむには少々不便であり、しかも、中国の歴史を初めて学ぶ者にとって、正史はあまりにも膨大である。そこで、『十八史略』は、中国数千年の歴史について必要最小限の知識を簡潔に記述し、かつ人口に膾炙した故事などを織り混ぜて、面白く読めるよう工夫されている。

『十八史略』は、文字通り、十八種の史書のダイジェストである。その十八種とは、上述の『史記』以下『北史』までに『新唐書』と『新五代史』を加えた十七の正史、および十八番目の史料として、当時未完の『宋史』に代わって『続宋編年資治通鑑』『続宋中興編年資治通鑑』『宋季三朝政要』などが用いられたとされる。但し、宋以前の記述については、直接正史に拠らず、司馬光の『資治通鑑』に拠ったものが多い。

『十八史略』の刊本には、元代の二巻本と、明代に改編された七巻本の系統があり、現在通行しているのは七巻本の方である。両者の間には、内容の上でも大きな違いが見られる。例えば、南宋末期に元に抵抗した文天祥《ぶんてんしょう》らの事跡について、二巻本では、時の王朝である元に憚って簡単に記しているのに対して、七巻本では、これを意図的に大きく取り上げている。また、魏・呉・蜀の三国の記述においても、二巻本は魏を正統とするのに対して、七巻本は蜀漢を正統としている。

『十八史略』は、いわば他書からの抜き書きをつなぎ合わせたもので、歴史に対する独自の見解・批判を示しているわけでもなく、史書としての評価は低い。しかし、本書の価値は簡便さにあり、中国よりもむしろ日本において、特に江戸から明治にかけて、中国史の入門書として、あるいは漢文の教材として親しまれている。

なお、『十八史略』と同じく初学者向けに編まれた歴史教材として、著名な人物の逸話を集めた『蒙求《もうぎゅう》』（唐・李瀚《りかん》撰）がある。

春秋戦國・吳（節録）

吳姫姓、太伯・仲雍之所封也。十九世至壽夢、始稱王。壽夢後、四君而至闔廬。擧伍員謀國事。員、字子胥、楚人伍奢之子。奢誅而奔吳、以吳兵入郢。吳伐越、闔廬傷而死。子夫差立、子胥復事之。夫差志復讎。朝夕臥薪中、出入使人呼曰、「夫差、而忘越人之殺而父邪。」周敬王二十六年、夫差敗越於夫椒。越王勾踐以餘兵棲會稽山、請爲臣妻爲妾。子胥言不可。太宰伯嚭受越賂、說夫差赦越。勾踐反國、懸膽於坐臥、即仰膽嘗之曰、「女忘會稽之恥邪。」擧國政屬大夫種、而與范蠡治兵、事謀吳。太宰嚭譖子胥恥謀不用怨望。夫差乃賜子胥屬鏤之劍。子胥告其家人曰、「必樹吾墓檟。檟可材也。抉吾目懸東門。以觀越兵之滅吳。」乃自剄。夫差取其尸、盛以鴟夷、投之江。吳人憐之、立祠江上、命曰胥山。

越十年生聚、十年教訓。周元王四年、越伐吳。吳三戰三北。夫差上姑蘇、亦請成於越。范蠡不可。夫差曰、「吾無以見子胥。」爲幎冒乃死。

[呉] 春秋時代の国名。今の江蘇省一帯。
[太伯・仲雍] 周の太王古公亶父の二子。
[壽夢] 呉の第十九代君主。
[四君] 諸樊・余祭・夷昧・僚。
[闔廬] 呉の第二十四代君主。
[伍員] 楚の人。字は子胥。伍奢の子。
[奢誅而奔呉] 奢が楚の平王に誅殺され、子胥は呉に亡命した。
[郢] 楚の都。今の湖北省江陵県の西北。
[越] 春秋時代の国名。今の浙江省一帯。
[夫差] 闔廬の子。
[臥薪中] たきぎの中に寝る。
[而] 「汝」に同じ。
[周敬王二十六年] 前四九四年。
[夫椒] 山名。今の江蘇省呉県の西南。
[勾踐] 越の君主。
[棲] 立てこもる。
[會稽山] 今の浙江省紹興市の南。
[太宰] 執政大臣。宰相。
[伯嚭] 夫差の時の宰相。
[懸膽] 苦い肝を吊す。
[坐臥] 寝起きする部屋。
[嘗] なめる。
[女] 「汝」に同じ。
[屬] 委嘱する。任せる。
[種] 越の大夫。姓は文、名は種。
[范蠡] 字は少伯。のち斉に入り陶朱公と称した。
[譖] 讒言する。
[怨望] うらむ。
[屬鏤] 名剣の名。
[檟] ひさぎ。棺桶の木材に用いられる。
[抉] えぐり取る。
[自剄] 自ら首をはねる。
[尸] 「屍」に同じ。

［鴟夷］馬皮で作った袋。

［生聚］人口を増やし、物資を豊かにする。

［教訓］（兵を）教練する。

［周元王四年］前四七二年。

［北］敗走する。


［姑蘇］台の名。姑蘇山（今の江蘇省呉県の西）の山上にあった。呉王夫差はここで越から献上された美女西施と酒宴に明け暮れていた。

［請成］和睦を請う。

［幎冒］死者の顔を覆う布。

秦・始皇帝（節録）

秦王初并天下、自以、德兼三皇、功過五帝、更號曰皇帝。命爲制、令爲詔、自稱曰朕。制曰、「死而以行爲謚、則是子議父、臣議君也、甚無謂。自今以來、除謚法、朕爲始皇帝、後世以計數、二世三世至於萬世、傳之無窮。」收天下兵、聚咸陽、銷以爲鐘・鐻・金人十二、重各千石。徙天下豪富於咸陽、十二萬戶。

二十八年、始皇東行郡縣。上鄒嶧山、立石頌功業。上泰山、立石封祠祀。既下、風雨暴至、休樹下。封其松爲五大夫。禪於梁父。遂東遊海上。方士齊人徐市等上書、請與童男童女入海、求蓬萊・方丈・瀛洲三神山仙人及不死藥。

如其言遣市等行。
三十二年、始皇巡北邊。方士盧生入海還、奏錄圖書。曰、「亡秦者胡也。」始皇乃遣蒙恬、發兵三十萬人、北伐匈奴、築長城。起臨洮、至遼東、延袤萬餘里、威振匈奴。

〔秦王〕秦の王。姓は嬴《えい》、名は政。
〔幷〕統一する。
〔三皇〕天皇・地皇・泰皇。
〔五帝〕黄帝・顓頊・帝嚳・堯・舜。
〔制〕皇帝が下す制度的な命令。
〔詔〕皇帝が下す一般的な布告。
〔朕〕皇帝の自称。
〔諡〕生前の行いによってつける名。
〔無謂〕いわれがない。不当である。
〔兵〕武器。
〔咸陽〕秦の都。
〔銷〕鋳つぶす。
〔鐻〕つりがねを懸ける台。

〔金人〕銅像。
〔石〕重量の単位。約三〇キロ。
〔徙〕移す。
〔豪富〕富豪。
〔二十八年〕秦王政即位二十八年。前二一九年。
〔郡縣〕始皇帝は諸侯を廃し、地方を郡と県に区分し、中央から官吏を派遣した。
〔嶧山〕鄒（今の山東省鄒県）の東南の山。
〔泰山〕今の山東省泰安県北部の山。
〔封〕土を高く盛って壇を造り天を祭る。
〔祠祀〕祭る。
〔暴〕にわかに。急に。
〔五大夫〕秦の爵位。

〔禪〕 地を払って山川大地を祭る。
〔梁父〕 泰山のふもとの小山。
〔方士〕 方術士。不老不死の仙術を行う者。
〔徐市〕 斉の方士。「徐福」ともいう。
〔蓬萊・方丈・瀛洲〕 東海（渤海）に浮かぶ伝説上の三つの神山。
〔錄圖書〕 予言書。
〔胡〕 北方の異民族。えびす。実は子の「胡亥」を意味したとする説もある。胡亥は二世皇帝に擁立されるが、まもなく趙高に殺害された。
〔蒙恬〕 秦の武将。
〔匈奴〕 北方の異民族。
〔臨洮〕 今の甘粛省岷県。
〔遼東〕 今の遼寧省東南部、遼河以東の地。
〔延袤〕 「延」は東西、「袤」は南北の長さ。

三十四年、丞相李斯上書曰、「異時諸侯竝爭、厚招遊學。今天下已定、法令出一。百姓當家、則力農工、士則學習法令。今諸生不師今而學古、以非當世、惑亂黔首。聞令下、則各以其學議之。入則心非、出則巷議、率群下以造謗。臣請、史官非秦記皆燒之、非博士官所職、天下有藏詩書百家語者、皆詣守尉、雜燒之。有偶語詩書者棄市、以古非今者族。所不去者、醫藥・卜筮・種樹之書。若有欲學法令、以吏爲師。」制曰、「可。」
三十五年、侯生・盧生、相與譏議始皇、因亡去。始皇大怒曰、「盧生等、吾尊賜之甚厚。今乃誹謗我。諸生在咸陽者、吾使人廉問、或爲妖言、以亂黔首。」於是使御史悉案問。諸生傳相告引、乃自除。犯禁者四百六十四人、皆坑之咸陽。

［丞相］宰相。
［李斯］始皇帝を補佐した宰相。
［遊學］遊説の士。
［諸生］学者たち。
［師今］今の世（秦）を模範とする。
［黔首］人民。「黔」は、頭髪の黒いこと。
［入則心非］朝廷に入ると心中で非難する。
［出則巷議］朝廷を出ると巷間で議論する。
［群下］多くの門弟。
［造謗］誹謗する。
［秦記］秦の記録。
［博士官］朝廷の典籍を司る官。
［職］つかさどる。職務上保管する。
［詩書］『詩経』と『書経』。儒家の経典。
［百家語］諸子百家の著作。

［守尉］郡の行政長官と警察・軍事長官。
［偶語］差し向かいで話す。
［棄市］死刑にして屍を市中にさらす。
［族］一族皆殺しの刑。
［卜筮］占い。
［種樹］農業。
［譏議］そしって非難する。
［尊賜］尊んで手厚く待遇する。
［廉問］取り調べる。
［妖言］怪しげな言葉。
［御史］裁判・検察を司る官。
［案問］罪状を細かく調査する。
［傳相告引］連鎖式に次々と相手を告発する。
［自除］自らは罪を逃れる。
［坑］生きたまま穴埋めにする。

東漢・獻帝（節録）

瑯琊諸葛亮、寓居襄陽隆中、每自比管仲・樂毅。備訪士於司馬徽。徽曰、「識時務者在俊傑。此閒自有伏龍・鳳雛。諸葛孔明・龐士元也。」徐庶亦謂備曰、「諸葛孔明臥龍也。」備三往乃得見亮、問策。亮曰、「操擁百萬之衆、挾天子令諸侯。此誠不可與爭鋒。孫權據有江東、國險而民附。可與爲援、而不可圖。荊州用武之國、益州險塞、沃野千里、天府之土。若跨有荊・益、保其巖阻、天下有變、荊州之軍向宛・洛、益州之衆出秦川、孰不簞食壺漿、以迎將軍乎。」備曰、「善。」與亮情好日密。曰、「孤之有孔明、猶魚之有水也。」

第十七講

辞賦・騈文・古文

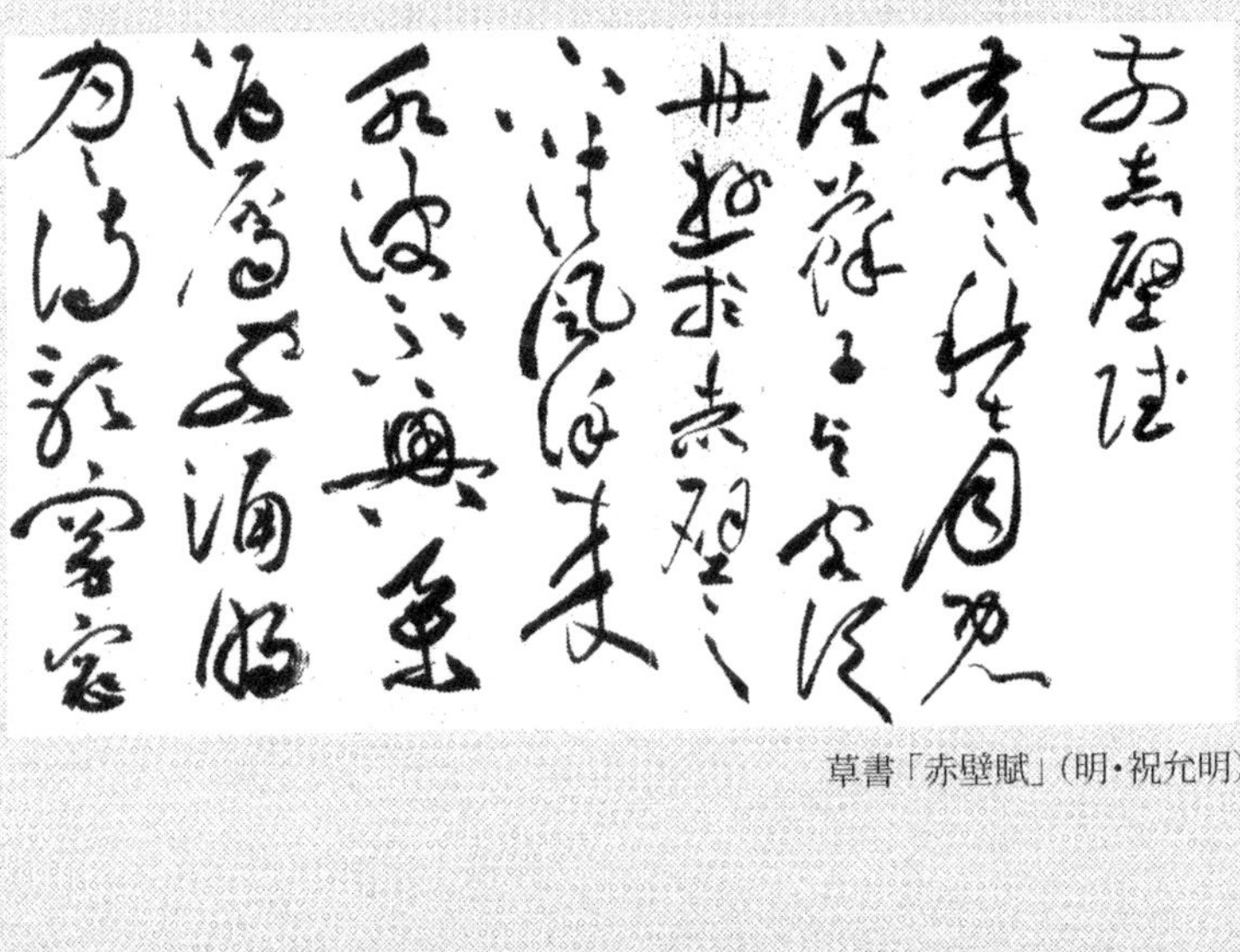

草書「赤壁賦」（明・祝允明）

概説　辞賦・駢文・古文

「辞賦《じふ》」とは、戦国時代末期の「楚辞」と、のちにこれが叙事的に発展して形成された「賦」とを併せ称したものである。辞賦は、押韻をするため韻文に分類される。しかし、詩のように一句の字数に制限がなく、散文的性格が強いため、伝統的に「詩文」という分け方をする場合は、文に属せしめている。賦は、漢代の宮廷で盛行した。事物を敷陳し、ものの状態を羅列的に述べる叙事的、修辞的な文学である。特に武帝の時代は賦の最盛期であり、すぐれた賦家を輩出した。なかでも司馬相如《しばしょうじょ》は、漢代を代表する辞賦作家であり、「子虚賦」「上林賦」などが名高い。賦の作者としては、ほかに前漢の賈誼《かぎ》・枚乗《ばいじょう》・揚雄《ようゆう》、後漢の班固《はんご》・張衡《ちょうこう》、晋の左思《さし》・潘岳《はんがく》らが知られる。なお、辞賦と併称しても、漢代以降は、賦が中心であり、楚辞を直接受け継ぐ辞は傍流となる。後者の例としては、漢の武帝の「秋風の辞」、陶淵明《とうえんめい》の「帰去来の辞」などがある。

六朝時代には、対句を多く用いた賦が流行し、「俳賦」または「駢賦」と呼ばれる。唐代には、賦が科挙に課されるようになり、韻律や修辞の規律が厳格に定められた。これを「律賦」と呼んでいる。こうして、賦は、過度に修辞的、形式的で、内容の空疎な文学となっていく。こうした傾向に反して、宋代に至って、字句に拘泥することなく、自由に情を述べ理を説く散文的な賦が作られるようになる。これを「文賦」といい、欧陽脩《おうようしゅう》の「秋声の賦」、蘇軾《そしょく》の「赤壁の賦」などがよく知られる。

修辞に意を用いる辞賦の影響で、後漢の頃から散文の領域でも、やはり形式を重んじ、技巧を凝らした美文調の文体が現れ、六朝時代に盛行し、唐代にまで及んだ。これを「駢文《べんぶん》」といい、「駢儷文《べんれいぶん》」ともいう。

「駢」は馬が二頭、「儷」は人が二人並ぶ意で、この文体の文章が対句で構成されるためにこう呼ばれる。また、四字句・六字句を基調とするため「四六文《しろくぶん》」とも呼ばれる。駢文は、典故を多用し、美辞麗句を連ね、また平仄の配置まで整えられるようになる。よく知られる作品としては、陳・徐陵《じょりょう》の「玉台新詠の序」、斉・孔稚珪《こうちけい》の「北山移文」、唐・王勃《おうぼつ》の「滕《とう》王閣の序」、李白の「春夜桃李の園に宴するの序」などがある。

　唐代に至ると、形式美を偏重する駢文の弊風を除き、思想内容に重きを置いた達意明快な散文を作ろうとする動きが見え始め、駢文が成立する以前の古い文体、すなわち前漢以前の散文の文体を文章の規範とする文学主張が起こる。これを「古文復興運動」と呼んでいる。「古文」とは、先秦および漢代の散文、例えば、『孟子』『荘子』など諸子百家の散文や、『左伝』『史記』など史伝の散文を指すが、これを規範として唐代以後に書かれたいわゆる復古文・擬古文のことも、通常、単に古文と呼んでいる。古文復興の気運は、中唐の韓愈《かんゆ》・柳宗元《りゅうそうげん》らに至って極点に達し、散文の流れを大きく変えることになる。これは、当時抬頭してきた科挙出身の新興官僚たちが、儒教精神を発揚し、政治の場で議論を行うために必要となった文章改革であった。宋代に至って、欧陽脩をはじめとして、蘇洵《そじゅん》・蘇軾・蘇轍《そてつ》・曽鞏《そうきょう》・王安石《おうあんせき》らが受け継ぎ、唐の韓愈・柳宗元と併せて「唐宋八大家」と称している。八家の文章は、後世の文章の手本となり、選集が編まれて、古来広く学ばれている。宋代以降は、明代に古文辞派・唐宋派、清代に桐城派などが現れ、清末に至るまでつねに古文が散文の主流を占めるようになる。

作品選読

雑説

唐・韓愈

世有伯樂、然後有千里馬。千里馬常有、而伯樂不常有。故雖有名馬、祇辱於奴隷人之手、駢死於槽櫪之閒、不以千里稱也。馬之千里者、一食或盡粟一石。食馬者、不知其能千里而食也。是馬也、雖有千里之能、食不飽、力不足、才美不外見。且欲與常馬等、不可得。安求其能千里也。

策之不以其道、食之不能盡其材、鳴之而不能通其意、執策而臨之曰、「天下無馬。」嗚呼、其眞無馬邪、其眞不知馬也。

［伯樂］馬の鑑定に優れた人。もとは天馬を司る星の名。秦の孫陽がよく馬を見分けたので伯楽と呼ばれた。

［千里馬］一日に千里を走る駿馬。

［奴隷人］無知な下僕。

［駢死］（駄馬と共に）首を並べて死ぬ。

［槽櫪］馬小屋。「槽」も「櫪」も、飼葉桶。
［粟］穀物の総称。
［一石］十斗。約六十リットル。
［食馬］馬を飼育する。
［才美］才能のすばらしさ。
［策］鞭打つ。
［通］さとる。理解する。

赤壁賦

宋・蘇軾

壬戌之秋、七月既望、蘇子與客泛舟、遊於赤壁之下。清風徐來、水波不興。舉酒屬客、誦明月之詩、歌窈窕之章。少焉、月出於東山之上、徘徊於斗牛之閒。白露横江、水光接天。縱一葦之所如、凌萬頃之茫然。浩浩乎如馮虚御風、而不知其所止、飄飄乎如遺世獨立、羽化而登仙。

於是飲酒樂甚、扣舷而歌之。歌曰、「桂棹兮蘭槳、擊空明兮泝流光。渺渺兮予懷、望美人兮天一方。」客有吹洞簫者、倚歌而和之。其聲嗚嗚然、如怨如慕、如泣如訴。餘音嫋嫋、不絶如縷。舞幽壑之潛蛟、泣孤舟之嫠婦。

［壬戌］みずのえいぬ。元豊五年（一〇八二）。

［既望］「望」（陰暦の十五日）の翌日。十六日。

［蘇子］作者蘇軾。

［赤壁］後漢末の建安十三年（二〇八）、魏の曹操が呉の孫権、蜀の劉備の連合軍と戦い敗れた地。但し、蘇軾が遊んだ赤壁は黄州（今の湖北省黄岡県）の赤鼻磯であり、実際の古戦場跡は今の湖北省嘉魚県にある。

［屬］（酒を）すすめる。

［明月之詩］『詩経』陳風「月出」篇を指す。首章に、「月出皎兮、佼人僚兮。舒窈糾兮、勞心悄兮」とある。

［窈窕之章］『詩経』周南「関雎」篇を指す。首章に、「關關雎鳩、在河之洲。窈窕淑女、君子好逑」とある。

［徘徊］さまよう。

［斗牛］二十八宿の斗宿と牛宿。

［白露］白いもや。

［一葦］一ひらの葦の葉。小舟を喩える。『詩経』衛風「河広」篇に、「誰謂河廣、一葦杭之」とある。

［凌］突き進む。

［萬頃］非常に広いこと。「頃」は面積の単位。約五六六アール。

［茫然］果てしないさま。

［浩浩乎］広々としたさま。

［馮虚］大空に身をまかせる。「馮」は「憑」に同じ。たよる。「虚」は虚空。

［御風］風に乗る。「御」は操縦する。『荘子』「逍遙遊」に、「列子御風而行」とある。

［飄飄乎］ふわふわとひるがえるさま。

［遺世獨立］俗世を忘却して、何物にもとらわれない自由の境地に独り立つ。

［羽化而登仙］羽が生えて仙人となり天に昇る。

［扣舷］舟ばたを叩く。

［桂棹兮蘭槳］木犀のさおと木蘭のかい。『楚辞』九歌「湘君」に「桂櫂兮蘭槳」とある。

［空明］月光の下で明るく澄みきった水面。

［泝］「遡」に同じ。さかのぼる。

［流光］水の流れと共にきらめく月の光。

［渺渺］遙か遠くに広がるさま。

［美人］ 月を指す。
［洞簫］ 縦笛の一種。
［倚歌而和之］ 歌に合わせて伴奏する。
［嗚嗚然］ 笛の音色の形容。
［嫋嫋］ 細く長く伸びるさま。
［縷］ 糸筋
［幽壑］ 奥深い谷。
［潜蛟］ 淵にひそむみずち（龍の一種）。
［嫠婦］ 寡婦。

蘇子愀然、正襟危坐、而問客曰、「何爲其然也。」客曰、「『月明星稀、烏鵲南飛』、此非曹孟德之詩乎。西望夏口、東望武昌、山川相繆、鬱乎蒼蒼。此非孟德之困於周郎者乎。方其破荊州、下江陵、順流而東也、舳艫千里、旌旗蔽空。釃酒臨江、横槊賦詩、固一世之雄也、而今安在哉。況吾與子、漁樵於江渚之上、侶魚蝦而友麋鹿、駕一葉之扁舟、擧匏尊以相屬、寄蜉蝣於天地、渺滄海之一粟。哀吾生之須臾、羨長江之無窮。挾飛仙以遨遊、抱明月而長終、知不可乎驟得、託遺響於悲風。」

［愀然］ 表情をひきしめるさま。
［危坐］ 正座する。
［月明星稀、烏鵲南飛］ 魏・曹操「短歌行」の中の詩句。

［曹孟徳］曹操。字は孟徳。後漢の献帝の時、丞相となり、魏王に封ぜられた。

［夏口］今の湖北省武漢市漢口。

［武昌］今の湖北省鄂城県。

［相繆］地形が入りくむ。

［鬱乎蒼蒼］草木が青々と生い茂るさま。

［周郎］呉の将軍周瑜。赤壁の戦いで曹操の大艦隊を破った。

［荊州］今の湖北・湖南の地。劉表の根拠地であったが、劉表の死後、その子の劉琮は戦わずして魏軍に降伏した。

［江陵］今の湖北省江陵県。荊州で劉表のもとに身を寄せていた劉備が南へ敗走すると、魏軍はこれを追撃して江陵に至り、そこを占領した。

［順流而東］魏軍は江陵で水軍を編制し、呉を攻めるために長江の流れに沿って東へ向かった。

［舳艫］船首と船尾。

［旌旗］軍旗。

［蔽空］大空を覆い隠す。

［釃酒］酒を酌む。ここでは、酒を注いで長江の水神を祭る。

［横槊賦詩］ほこを横たえて詩を作る。元稹「唐故工部員外郎杜君墓系銘」に、「曹氏父子、鞍馬間爲文、往往横槊賦詩」とある。

［漁樵］魚を捕り木を伐る。

［魚蝦］魚やエビ。

［麋鹿］大鹿と鹿。

［扁舟］小舟。

［匏尊］ひさごで作った酒壺。「尊」は「樽」に同じ。

［蜉蝣］かげろう。はかない一生を喩える。

［渺］微小なさま。

［滄海之一粟］大海原の中の一粒のアワ。

［須臾］ごく短い時間。

［挟飛仙］天空を飛翔する仙人を伴う。

［遨遊］遊び楽しむ。

［長終］永遠の生命を得る。

［驟］にわかに。

［遺響］笛の余韻。

［悲風］悲しい秋風。

蘇子曰、「客亦知夫水與月乎。逝者如斯、而未嘗往也。盈虛者如彼、而卒莫消長也。蓋將自其變者而觀之、則天地曾不能以一瞬。自其不變者而觀之、則物與我皆無盡也。而又何羨乎。且夫天地之閒、物各有主。苟非吾之所有、雖一毫而莫取。惟江上之淸風、與山閒之明月、耳得之而爲聲、目遇之而成色。取之無禁、用之不竭。是造物者之無盡藏也、而吾與子之所共食。」客喜而笑、洗盞更酌。肴核既盡、杯盤狼藉。相與枕藉乎舟中、不知東方之既白。


〔逝者如斯〕過ぎ行くものはこの川の流れのようだ。『論語』「子罕」篇に、「子在川上曰、『逝者如斯夫、不舍晝夜』」とある。

〔未嘗往也〕往ってしまったわけではない。水が流れ尽きたことはないことをいう。

〔盈虛〕（月が）満ち欠けする。

〔消長〕衰えたり盛んになったりする。

〔物與我〕「物」は天地間の万物。「我」は自分を含む人間。

〔一毫〕一本の毛。ごくわずか。

〔竭〕尽きる。

〔造物者〕万物の創造主。

〔無盡藏〕無尽の宝蔵。全ての物を貯え、いくら取り出しても尽きることのない蔵。

〔食〕享受する。

〔盞〕小杯。

〔肴核〕酒のさかな。「肴」は魚や肉。「核」は果実。

〔杯盤狼藉〕杯や皿が散らかっているさま。

〔枕藉〕互いに相手を枕にして寝る。

〔白〕白む。夜が明ける。

春夜宴桃李園序

唐・李白

夫天地者、萬物之逆旅。光陰者、百代之過客。而浮生若夢、爲歡幾何。古人秉燭夜遊、良有以也。況陽春召我以煙景、大塊假我以文章。會桃李之芳園、序天倫之樂事。羣季俊秀、皆爲惠連。吾人詠歌、獨慚康樂。幽賞未已、高談轉淸。開瓊筵以坐花、飛羽觴而醉月。不有佳作、何伸雅懷。如詩不成、罰依金谷酒數。

讀孟嘗君傳

宋・王安石

世皆稱孟嘗君能得士、士以故歸之、而卒賴其力以脫於虎豹之秦。嗟乎、孟嘗君特雞鳴狗盜之雄耳、豈足以言得士。不然、擅齊之强、得一士焉、宜可以南面而制秦、尚何取雞鳴狗盜之力哉。夫雞鳴狗盜之出其門、此士之所以不至也。

第三部

小説・戯曲

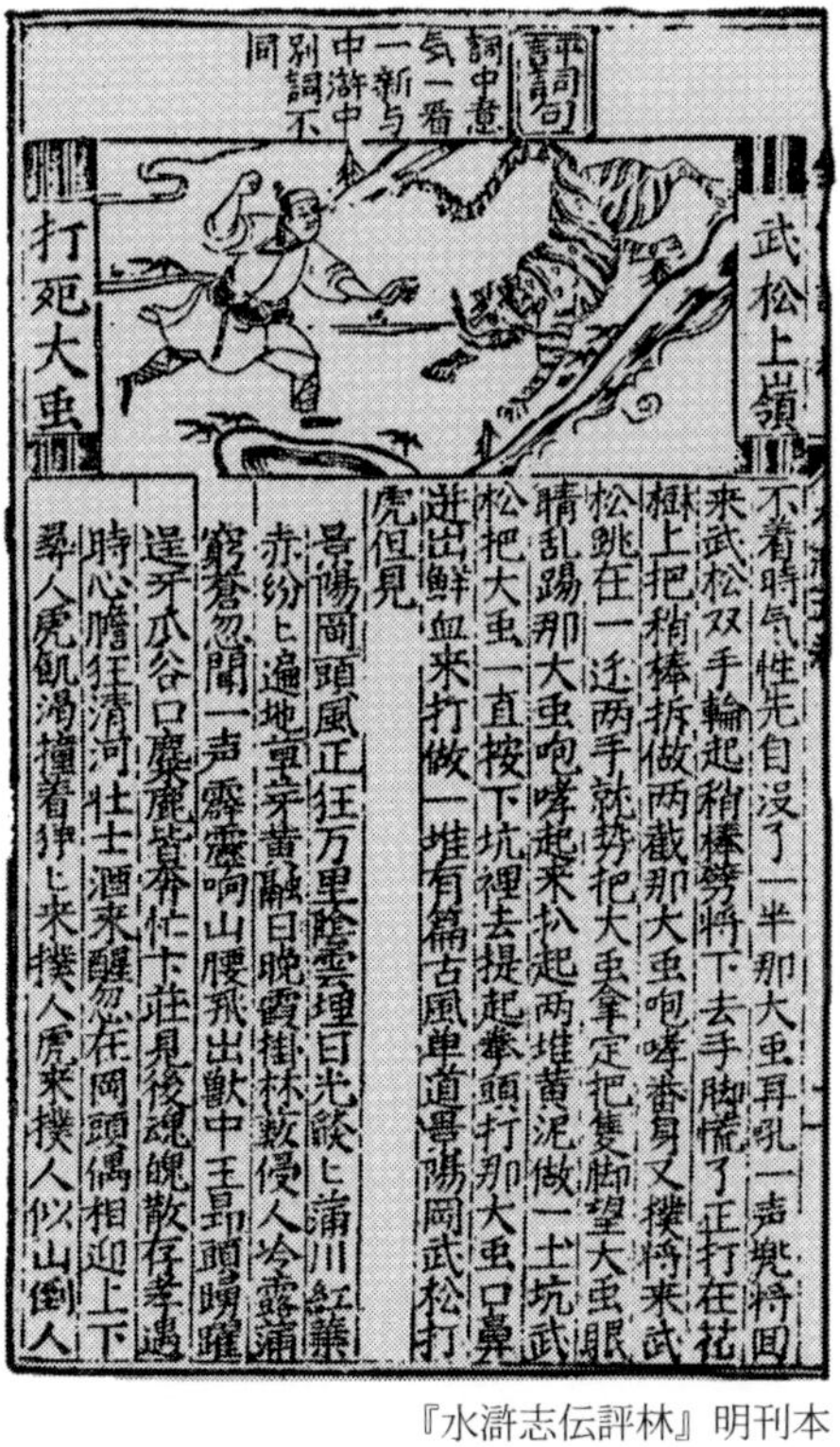
評詞句
詞中意気一看一新与中滸中別詞不同
武松上嶺
打死大虫
不着時気性先自没了一半那大虫再吼一声兜将回
来武松双手輪起稍棒勢将下去手脚慌了正打在枯
樹上把稍棒折做兩截那大虫咆哮番身又撲将来武
松跳在一迊兩手就勢把大虫拿定把隻脚望大虫眼
睛乱踢那大虫咆哮起来扒起兩堆黄泥做一土坑武
松把大虫一直按下坑裡去提起拳頭打那大虫口鼻
迸出鮮血来打做一堆有篇古風単道景陽岡武松打
虎但見
景陽岡頭風正狂万里陰雲埋日光燄ヒ蒲川紅葉
赤紛ヒ遍地草芽黄触目晩霞掛林薮侵人冷露蒲
窮蒼忽聞一声霹靂响山腰飛出獣中王昂頭踴躍
逞牙爪谷口麋鹿皆奔忙卞莊見後魂魄散存孝遇
時心膽狂清河壮士酒来醒忽在岡頭偶相迎上下
尋人虎飢渇撞着猙ヒ来撲人虎来撲人似山倒人

『水滸志伝評林』明刊本

虎がまたもや一声うおうっと吼えるなり襲いかかってくる。
武松は両手で棍棒を振り回し、えいっとばかり打ち下ろした。
が、慌てたために樹を打ってしまい、手の中の棍棒は真っ二つ。
虎はうなり声を上げて身を翻し、ふたたび飛びかかってくる。
武松、跳ねのいてこれをかわすと、両手でむんずと虎をつかみ上げるや、
片方の足で虎の眼めがけて、ここぞとばかりびしばしと蹴りまくった。
虎はうなりながら地面を引っかき、泥の山を二つ、坑を一つこしらえた。
武松が虎を坑の中にぐいっと押しつけ、拳を振り上げ叩きのめすと、
虎は口から鼻から鮮血を噴き出し、その場にぐったりと丸くなった。

第十八講
文言小説

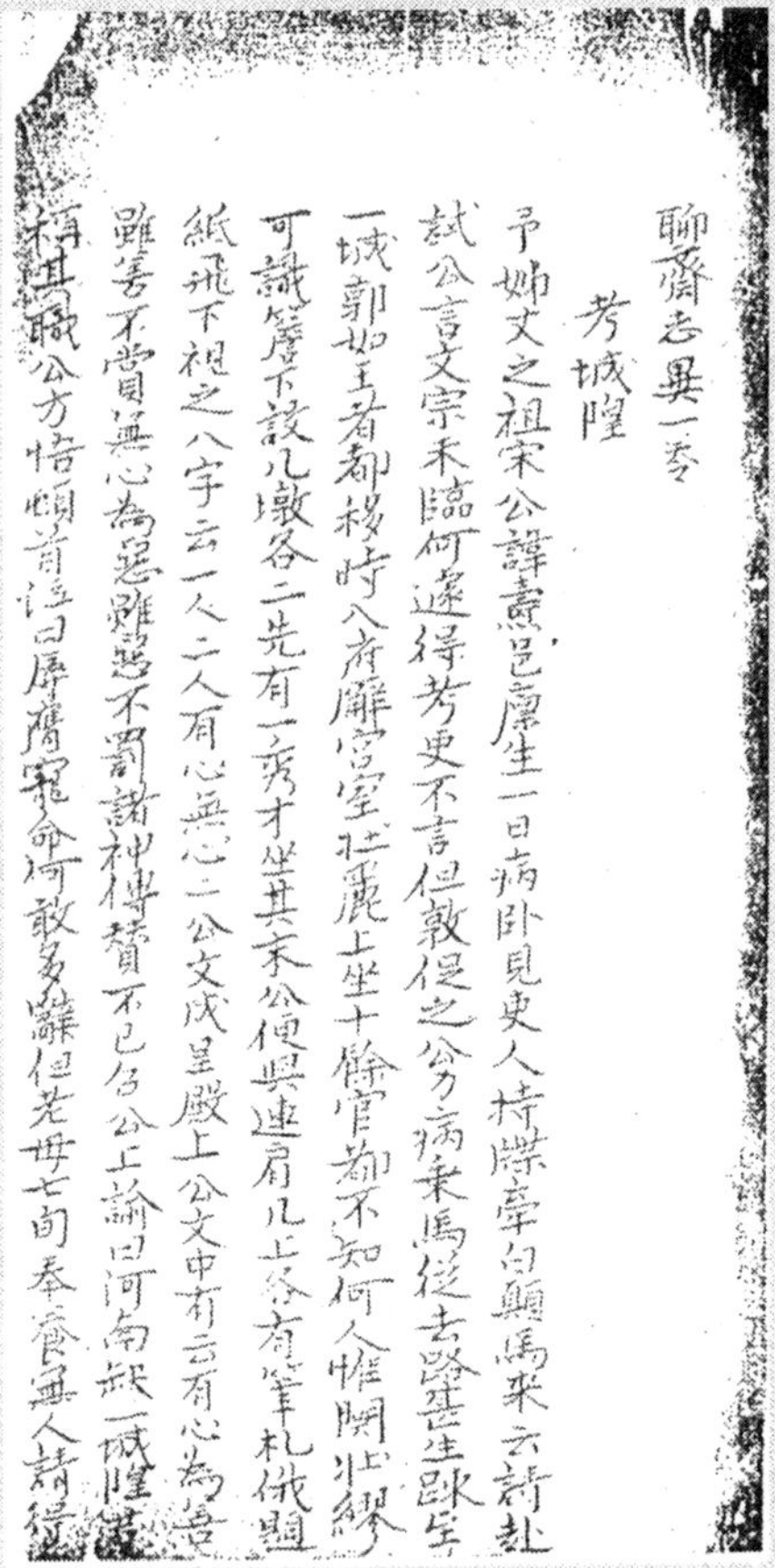
聊齋志異一卷
考城隍
予姊丈之祖宋公諱燾邑廩生一日病臥見吏人持牒牽白顛馬來云請赴
試公言文宗未臨何遽得考吏不言但敦促之公力病乘馬從去路甚生疎至
一城郭如王者都移時入府廨宮室壯麗上坐十餘官都不知何人惟關壯繆
可識簷下設几墩各二先有一秀才坐其末公便與連肩几上各有筆札俄題
紙飛下視之八字云一人二人有心無心二公文成呈殿上公文中有云有心為善
雖善不賞無心為惡雖惡不罰諸神傳贊不已召公上諭曰河南缺一城隍君
稱其職公方悟頓首泣曰辱膺寵命何敢多辭但老母七旬奉養無人請得

『聊斎志異』手稿本

概説　文言小説

古典小説は、文語体で書かれた文言《ぶんげん》小説と口語体に近い文章で書かれた白話《はくわ》小説に大別される。小説とは、元来は文字通り「小さな説」すなわち取るに足らない些細な言説という意味であり、古来、文学としての価値は低い。『漢書《かんじょ》』「芸文志《げいもんし》」の「諸子略」では次のように述べる。

小説家者流、蓋出於稗官。街談巷語、道聴塗説者之所造也。孔子曰、「雖小道必有可觀者焉。致遠恐泥。是以君子弗爲也。」然亦弗滅也。…

ここでは、小説がもともとは文字ではなく口承で伝えられたものであること、そして小道末技ではあるが存在価値だけは認められたものであることを示している。小説の起源については諸説がある。古代の神話や民間伝承、あるいは語り部による歴史語り、あるいは戦国時代の遊説家の言説中に見られる寓話などが、小説の前身と考えられている。いずれにしても、何ら体系的な思想を持たない断片的な故事や寓話の類である。

六朝時代には、志怪《しかい》と呼ばれる文言小説が数多く書かれた。志怪とは「怪を志《しる》す」ことであり、怪異の事柄を記録したものである。内容は、吉兆・凶兆・幽霊・鬼神・夢幻・道術・仙界遊行・異類通婚などさまざまであるが、総じて非現実的な出来事や超常現象をあたかも史実のように語ったものである。魏晋の時代、混乱した社会情勢の下、儒教の拘束力の低下に伴い、文人サロンで、霊魂の有無をめぐる議論や怪異談・神仙談などが盛んに行われていたことが、志怪の流行につながっている。また、この時代においては、仏教の伝来をはじめとする西域からの外来文化の受容が中国人の宗教・信仰に大きな影響を与えたことも、志怪の発展に関わっている。代表的な六朝志怪小説集には、東晋・干宝《かんぽう》撰『捜神記《そうしんき》』、宋・劉義慶《りゅうぎけい》撰『幽明録《ゆうめいろく》』などがある。なお、同じ時代に、劉義慶の『世説新語《せせつしんご》』に代表される人物の逸話集があり、これらを志人小説と呼んでいる。

六朝の志怪小説が怪異の事柄を簡単に記録しただけのものであるのに対して、次の唐代の伝奇《でんき》小説は、同じく文言小説であるが、文章も比較的長く、物語としての展開を備え、描写には潤色が加わり、文学性においてはじめて今日的な意味で小説と呼べるものが誕生した。伝奇とは「奇を伝える」ことであるが、ここでいう「奇」とは、怪奇を意味するものではなく、人間世界における珍奇な出来事やすぐれた人物の事跡を物語として伝えるものである。唐代伝奇の大半は、「李娃伝」「任氏伝」のように「〇〇伝」と題され、史伝文学的な要素が強い。才子佳人の艶情物語、侠客の武勇物語、歴史人物の逸話、また、六朝志怪の延長線上にある神仙道釈の故事など、内容は多岐にわたる。作品のほとんどが中唐以後に書かれたものであり、書き手・読み手いずれも、科挙によって官僚になった士人階級の文人たちが中心となっている。

宋代以後も、志怪・伝奇は引き続き作られる。宋代では、洪邁《こうまい》が『夷堅志《いけんし》』を著し、また六朝から宋初に至るまでの志怪・伝奇を網羅的に集めた『太平広記《たいへいこうき》』五百巻が勅命で編纂された。明代では瞿佑《くゆう》の『剪灯《せんとう》新話《しんわ》』、清代では蒲松齢《ほしょうれい》の『聊斎志異《りょうさいしい》』、紀昀《きいん》の『閲微草堂筆記《えつびそうどうひっき》』、袁枚《えんばい》の『子不語《しふご》』などがよく知られる。

宋定伯

南陽宋定伯、年少時、夜行逢鬼。問之、鬼言、「我是鬼。」鬼問、「汝復誰。」定伯誑之言、「我亦鬼。」鬼問、「欲至何所。」答曰、「欲至宛市。」鬼言、「我亦欲至宛市。」遂行數里。鬼言、「歩行太遲。可共遞相擔、何如。」定伯曰、「大善。」鬼便先擔定伯數里。鬼言、「卿太重、將非鬼也。」定伯言、「我新鬼、故身重耳。」定伯因復擔鬼、鬼略無重。如是再三。

定伯復言、「我新鬼、不知有何所畏忌。」鬼答言、「惟不喜人唾。」於是共行、道遇水、定伯令鬼先渡、聽之、了然無聲音。定伯自渡、漕漼作聲。鬼復言、「何以有聲。」定伯曰、「新死、不習渡水故耳。勿怪吾也。」行欲至宛市、定伯便擔鬼著肩上、急執之。鬼大呼、聲咋咋然、索下、不復聽之。徑至宛市中、下著地、化爲一羊、便賣之。恐其變化、唾之。得錢千五百乃去。

當時石崇有言、「定伯賣鬼、得錢千五。」（『搜神記』卷十六）

［南陽］郡名。今の河南省内。
［鬼］幽霊。
［誑］欺く。騙す。
［宛市］宛（南陽郡の郡治）の町。
［遞］互いに。代わる代わる。
［卿］きみ。お前。
［將］はたまた。もしや。

［畏忌］畏れて避ける。
［了然］全く。
［漕漼］ザブザブ。水が音を立てる擬音語。
［咋咋然］ギャーギャー。大声でわめくさま。
［徑］ただちに。まっすぐ。
［變化］化けて姿を変える。
［石崇］西晋の有名な大富豪。字は季倫。

離魂記

唐・陳玄祐

天授三年、清河張鎰、因官家於衡州。性簡靜、寡知友。無子、有女二人。其長早亡、幼女倩娘、端妍絶倫。鎰外甥太原王宙、幼聰悟、美容範。鎰常器重、毎曰、「他時當以倩娘妻之。」後各長成、宙與倩娘常私感想於寤寐、家人莫知其狀。後有賓寮之選者求之、鎰許焉。女聞而鬱抑、宙亦深恚恨、託以當調、請赴京。止之不可、遂厚遣之。宙陰恨悲慟、決別上船。

日暮、至山郭數里。夜方半、宙不寐、忽聞岸上有一人行聲甚速、須臾至船。

問之、乃倩娘徒行跣足而至。宙驚喜發狂、執手問其從來。泣曰、「君厚意如此、寢寐相感。今將奪我此志、又知君深情不易、思將殺身奉報、是以亡命來奔。」宙非意所望、欣躍特甚。遂匿倩娘於船、連夜遁去。倍道兼行、數月至蜀。

［天授三年］西暦六九二年。
［清河］郡名。今の河北省内。
［衡州］州名。今の湖南省内。
［簡靜］物静か。穏やか。
［端妍絶倫］端正で美しいこと類い稀である。
［外甥］他家に嫁いだ姉妹の息子。
［太原］府名。今の山西省内。
［聰悟］聡明。
［容範］容貌と態度。
［器重］才能を認めて重んじる。目をかける。
［他時］将来。
［感想於寤寐］寝ても覚めても思いを寄せる。
［賓寮］幕僚。
［之選］科挙に及第し、吏部（文官の選任などを司る中央官庁）に赴いて任官を待つ。
［鬱抑］ふさぎ込む。
［恚恨］怒り恨む。
［當調］新たな任官の時期に当たる。官吏の人事異動に応じることをいう。
［悲慟］悲しみ嘆く。
［山郭］山村。
［行聲］足音。
［跣足］はだし。
［殺身奉報］死んでも恩に報いる。
［亡命來奔］家を棄てて逃げてくる。
［欣躍］躍り上がって喜ぶ。
［遁］逃れる。
［倍道兼行］昼夜兼行する。
［蜀］今の四川省一帯。

凡五年、生兩子、與鎰絕信。其妻常思父母、涕泣言曰、「吾曩日不能相負、棄大義而來奔君。向今五年、恩慈間阻。覆載之下、胡顏獨存也。」宙哀之曰、「將歸、無苦。」遂俱歸衡州。

既至、宙獨身先至鎰家、首謝其事。鎰曰、「倩娘病在閨中數年、何其詭說也。」宙曰、「見在舟中。」鎰大驚、促使人驗之。果見倩娘在船中。顏色怡暢、訊使者曰、「大人安否。」家人異之、疾走報鎰。室中女聞喜而起、飾妝更衣、笑而不語。出與相迎、翕然而合爲一體、其衣裳皆重。

其家以事不正、祕之。惟親戚間有潛知之者。後四十年間、夫妻皆喪。二男竝孝廉擢第、至丞尉。

玄祐少常聞此說、而多異同、或謂其虛。大曆末、遇萊蕪縣令張仲規、因備述其本末。鎰則仲規堂叔、而說極備悉、故記之。

〔絕信〕音信を絶つ。
〔涕泣〕涙を流して泣く。
〔曩日〕昔日。
〔大義〕親子の恩義。
〔向今〕今に於いて。「向」は「於」に同じ。
〔恩慈〕父母の子に対する慈愛の情。

［閒阻］隔て妨げられる。

［覆載］天と地。「覆」は、おおう。天をいう。「載」は、のせる。地をいう。

［胡顔獨存也］どんな顔をして一人生きていられようか。面目ない。

［獨身］自分一人で。

［閨］女性の寝室。

［詭說］嘘をつく。でたらめを言う。

［見］「現」に同じ。いま。

［怡暢］にこやかに和らいださま。

［大人］父上。

［飾妝］化粧をする。


［翕然］ぴったりと一緒になるさま。

［喪］死ぬ。

［孝廉］官吏特別登用制の一。学徳の優れた者が地方から推挙されて中央の試験を受ける。

［擢第］及第する。

［丞尉］県の副長官と治安を司る官。

［大曆］唐の代宗の年号。七六六～七七九。

［萊蕪］県名。今の山東省内。

［縣令］県の長官。

［本末］一部始終。

［堂叔］父方のおじ。

［備悉］ことごとく詳しい。

補充作品

管輅

管輅至平原、見顏超貌主夭亡。顏父乃求輅延命。輅曰、「子歸、覓清酒一榼、鹿脯一斤。卯日、刈麥地南大桑樹下、有二人圍棋次、但酌酒置脯、飲盡更斟、以盡爲度。若問汝、汝但拜之、勿言。必合有人救汝。」
顔依言而往、果見二人圍棋。顔置脯斟酒於前。其人貪戲、但飲酒食脯、不顧。數巡、北邊坐者忽見顔在、叱曰、「何故在此。」顔唯拜之。南邊坐者語曰、「適來飲他酒脯、寧無情乎。」北坐者曰、「文書已定。」南坐者曰、「借文書看之。」見超壽止可十九歲、乃取筆挑上、語曰、「救汝至九十年活。」顔拜而回。
管語顔曰、「大助子、且喜得增壽。北邊坐人是北斗、南邊坐人是南斗。南斗注生、北斗注死。凡人受胎、皆從南斗過北斗。所有祈求、皆向北斗。」（『捜神記』巻三）

緑衣女

于生、名璟、字小宋、益都人。讀書醴泉寺。夜方披誦、忽一女子在窗外贊曰、「于相公勤讀哉。」因念深山何處得女子。方疑思間、女已推扉笑入曰、「勤讀哉。」于驚起、視之、緑衣長裙、婉妙無比。于知非人、固詰里居。女曰、「君視妾當非能咋噬者、何勞窮問。」于心好之、遂與寢處。羅襦既解、腰細殆不盈掬。更籌方盡、翩然遂去。由此無夕不至。
一夕共酌、談吐間妙解音律。于曰、「卿聲嬌細、倘度一曲、必能消魂。」女笑曰、「不敢度曲、恐消君魂耳。」于固請之。曰、「妾非吝惜、恐他人所聞。君必欲之、請便獻醜。但只微聲示意可耳。」遂以蓮鉤輕點足牀、歌云、「樹上烏臼鳥、賺奴中夜散。不怨繡鞋濕、祇恐郎無伴。」聲細如營、裁可辨認。而靜聽之、宛轉滑烈、動耳搖心。歌已、啓門窺曰、「妨窗外有人。」遶屋周視、乃入。生曰、「卿何疑懼之深。」笑曰、「諺云、『偷生鬼子常畏人。』妾之謂矣。」既而就寢、惕然不喜、曰、「生平之分、殆止此乎。」于急問之。女曰、「妾心動、妾祿盡矣。」于慰之曰、「心動眼瞤、蓋是常也、何遽此云。」女稍懌、復相綢繆。更漏既歇、披衣下榻。方將啓關、徘徊復返曰、「不知何故、惿惭心怯。乞送我出門。」于果起、送諸門外。女曰、「君竚望我。我踰垣去、君方歸。」于曰、「諾。」視女轉過房廊、寂不復見。方欲歸寢、聞女號救甚急。于奔往、四顧無蹟、聲在檐間。舉首細視、則一蛛大如彈、摶捉一物、哀鳴聲嘶。于破網挑下、去其縛纏、則一綠蜂、奄然將斃矣。捉歸室中、置案頭。停蘇移時、始能行步。徐登硯池、自以身投墨汁、出伏几上、走作「謝」字。頻展雙翼、已乃穿窗而去。自此遂絶。(『聊齋志異』卷五)

第十九講

白話小説

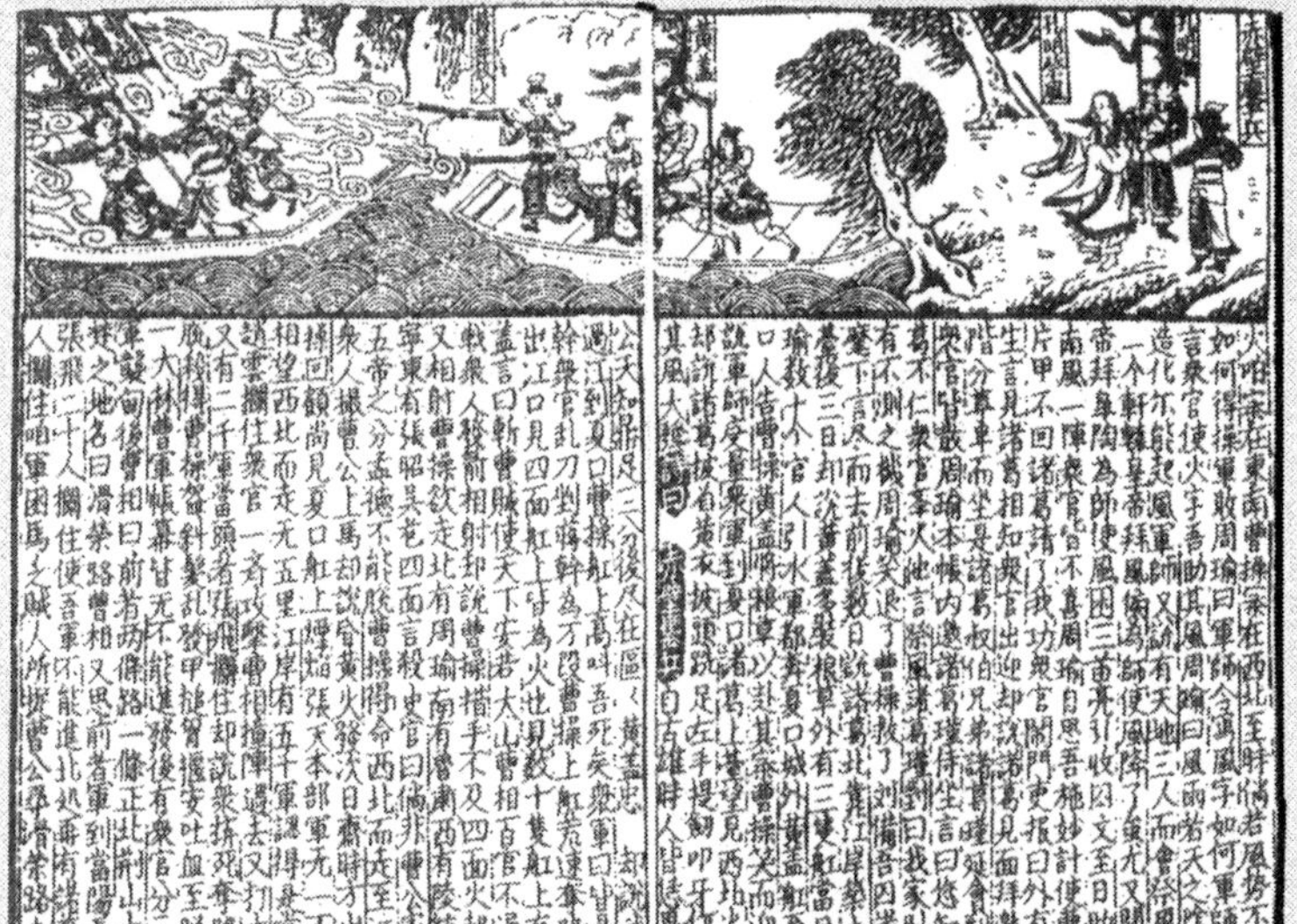

『三国志平話』元刊本

概説　白話小説

白話小説は、民間演芸の講釈を母胎として発展した口語体の小説である。唐代の寺院では、「俗講《ぞくこう》」と呼ばれる庶民に対する通俗説法が行われていたが、この中には、仏教の教義を説いたものの他に、宗教とは直接関係のない歴史故事や民間伝承に取材したものも含まれていた。俗講は絵解きの形式で行われたが、その台本を「変文《へんぶん》」と言い、基本的に韻文（歌）と散文（語り）の繰り返しで構成されている。宋代に至ると、商工業の目覚ましい発達に伴い、都市空間がより開放的になり、庶民の娯楽の場もできるようになる。北宋の都汴京（今の開封）や南宋の都臨安（今の杭州）など大都市の繁華街では、「瓦子《がし》」と呼ばれる大衆の盛り場が形成され、その中に「勾欄《こうらん》」と呼ばれる芝居小屋（寄席）が設けられ、種々雑多な演芸が行われていた。その中の一つに「説話《せつわ》」と呼ばれる出し物があった。説話とは、物語を語ること、すなわち講釈であり、その内容は、「講史《こうし》」と呼ばれる歴史語りから、恋愛・怪談・武侠・裁判・仏法に至るまでさまざまであった。

宋から元にかけて、講釈師の種本が専門の作家によって書かれ、読み物として出版されるようになる。そうした書物を「話本《わほん》」と呼ぶ。長編の講史類は、特に「平話《へいわ》」ともいう。話本・平話の内容は、物語の粗筋的なものであり、多くは上半分が挿し絵になっている。宋・元の話本・平話のいくつかは、次の明代に至って、長編白話小説として完成する。このように、講釈が文字化され、時を経るにつれてもとの話の上にさまざまな別の話が付加されて成長発展し、明代の文人の筆によって文章が洗練され、聞くための民間芸能から読んで鑑賞するための文学作品へと変貌を遂げる。

明代には、「四大奇書」と称される四つの長編白話小説の傑作が生まれる。『三国志演義《さんごくしえんぎ》』は、羅貫中《らかんちゅう》の作。魏・呉・蜀の三国興亡の歴史物語である。曹操・孫権・周瑜・劉備・諸葛亮・関羽ら個性豊かな英雄たちの知謀の数々を虚実入り混ぜて克明に語り伝える。『水滸伝《すいこでん》』は、施耐庵《したいあん》の作。北宋末、腐敗した官僚政治のもと、梁山泊へ集結していく豪傑たちの痛快な武勇伝とその悲劇的末路を描く。『西遊記《さいゆうき》』は、呉承恩《ごしょうおん》の作。三蔵法師の西天取経にお供する孫悟空が次々と妖怪を打ち倒す奇想天外、波瀾万丈の冒険活劇である。『金瓶梅《きんぺいばい》』は、蘭陵の笑笑生《しょうしょうせい》の作。好色一代男西門慶とその妻妾たちとの愛欲を軸に当時の世態人情を活写した異色の小説である。長編白話小説は「章回小説」とも呼ばれ、百回・百二十回などの章に分けて構成され、講釈師の口調で描写されている。

明末には、「擬話本」と呼ばれる短編の白話小説集が編まれた。馮夢龍《ふうぼうりょう》が編纂した『古今小説《ここんしょうせつ》』（後に『喩《ゆ》世明言《せいめいげん》』と改題）『警世通言』『醒世恒言』、凌濛初《りょうもうしょ》が編纂した『初刻拍案驚奇《しょこくはくあんきょうき》』『二刻拍案驚奇』を併せて「三言二拍《さんげんにはく》」と総称している。

清代には、長編白話小説の大作が二つ登場する。『紅楼夢《こうろうむ》』は、曹雪芹《そうせっきん》の作。絢爛豪華な貴族の家庭を舞台に夢と現実を綯い交ぜに織りなす悲恋絵巻である。『儒林外史《じゅりんがいし》』は、呉敬梓《ごけいし》の作。科挙に憂き身をやつす男たちの逸話を連ね、科挙制度によって生み出された社会の矛盾や弊害を風刺する。清朝後期には、『鏡花《きょうか》縁《えん》』『児女英雄伝《じじょえいゆうでん》』『三侠五義《さんきょうごぎ》』『老残遊記《ろうざんゆうき》』などの作品がある。

作品選読

三國志演義（第四十九回節録）

卻說曹操在大寨中、與衆將商議、只等黄蓋消息。當日東南風起甚緊、程昱入告曹操曰、「今日東南風起、宜預隄防。」操笑曰、「冬至一陽生、來復之時、安得無東南風。何足爲怪。」軍士忽報江東一隻小船來到、說有黄蓋密書。操急喚入。其人呈上書。書中訴說、「周瑜關防得緊、因此無計脫身。今有鄱陽湖新運到糧、周瑜差蓋巡哨、已有方便。好歹殺江東名將、獻首來降。只在今晚二更、船上插青龍牙旗者、卽糧船也。」操大喜、遂與衆將來水寨中大船上、觀望黄蓋船到。

さて、曹操《そうそう》は陣中にあって諸将と軍議をこらし、ひたすら黄蓋《こうがい》からの知らせを待ちわびていた。その日は東南の風が吹きはじめ、激しさを増してきたので、程《てい》昱《いく》が入ってきて曹操に進言するには、

「今日は東南の風が吹いておりますゆえ、ご用心なされますよう」

曹操は笑い飛ばして、

「冬至は一陽来復の時節、東南の風が吹かぬわけはなかろう。何も怪しむことはない」

そこへ突然兵士がやってきて、江東から一隻の小舟が

漕ぎ寄せ、黄蓋の密書を持参したと言っていると報告をした。曹操が急いで呼び入れると、その使者は一通の書面を差し出した。

書面には、「周瑜《しゅうゆ》の警戒が厳しく、逃れ出るすべがなかった。今鄱陽《はよう》湖から新たに兵糧が到着し、周瑜が自分に哨戒の役を命じたので、ようやく機会ができた。何としても江東の名高い大将一人を打ち殺し、その首を献じて降参したい。今宵二更の時分、青龍の旗を立てた舟がすなわち兵糧船である」とある。

曹操は大いに喜び、諸将と共に水軍の大船に乗り込み、黄蓋の船が到着するのを待ち受けることとした。

且說江東、天色向晚、周瑜喚出蔡和、令軍士縛倒。和叫、「無罪。」瑜曰、「汝是何等人、敢來詐降。吾今缺少福物祭旗、願借你首級。」和抵賴不過、大叫曰、「汝家闞澤・甘寧亦曾與謀。」瑜曰、「此乃吾之所使也。」蔡和悔之無及。瑜令捉至江邊皂纛旗下、奠酒燒紙、一刀斬了蔡和、用血祭旗畢、便令開船。黃蓋在第三隻火船上、獨披掩心、手提利刃、旗上大書「先鋒黃蓋」。蓋乘一天順風、望赤壁進發。

一方、江東では、日が暮れかかると、周瑜が蔡和《さいか》を呼びつけ、兵士に命じて縛り上げさせた。「何もしておらぬ」と蔡和が叫んだが、周瑜が言うには、

「なんたる奴だ、ぬけぬけとにせの投降などしおって。我が陣中にちょうど出陣のいけにえがなかったところだ。貴様の首を借りるぞ」

蔡和は言い逃れができず、大声を上げて、

「お前たちの闞沢《かんたく》や甘寧《かんねい》も共謀だぞ」

と叫んだが、周瑜が、

「あれはわしの差し金だ」

と明かすと、蔡和は悔やんだが、時すでに遅し。


周瑜は蔡和を岸辺に立てた黒色の軍旗の下へ引っ立てていかせ、酒を注ぎ紙銭を焼いて、一刀のもとに蔡和の首を刎ねさせ、その血で軍旗を祭るや、ただちに出陣の命令を下した。

黄蓋は三隻目の火船に乗り込み、胸当てをつけただけで、手には白刃をひっさげ、旗には「先鋒黄蓋」と大書してある。黄蓋の船は天空一杯の追い風に乗り、赤壁目指して突き進んだ。


是時東風大作、波浪洶湧。操在中軍、遙望隔江、看看月色照耀江水、如萬道金蛇、翻波戲浪。操迎風大笑、自以爲得志。忽一軍指說、「江南隱隱一簇帆幔、使風而來。」操憑高望之。報稱、「皆插青龍牙旗。内中有大旗、上書先鋒黄蓋名字。」操笑曰、「公覆來降、此天助我也。」來船漸近。程昱觀望良久、謂操曰、「來船必詐。且休教近寨。」操曰、「何以知之。」程昱曰、「糧在船中、船必穩重。今觀來船、輕而且浮。更兼今夜東南風甚緊。倘有詐謀、何以當之。」操省悟、便問、「誰去止之。」文聘曰、「某在水上頗熟、願請一往。」言畢、跳下小船、用手一指、十數隻巡船隨文聘船出。

この時、東の風が激しく吹きつのり、波濤は天高く躍った。

曹操は水上の本陣にあって長江の彼方を見渡していたが、皎々たる月影が川面に照り映え、あたかも無数の金色の蛇が波間に戯れるかの如き光景であった。

曹操は風を受けてからからと笑い、我が事成れりとばかりに得意満面であったが、その時、突然一人の兵士が指差して、

「南岸より帆船の一団が見え隠れしております。追い風に乗ってこちらに迫ってきております」

曹操が櫓《やぐら》に上って眺めているところへ報告が来て、

「どの船も青龍の旗を立て、中の大旗には『先鋒黄蓋』と大書してございます」

曹操が笑いながら、

「公覆《こうふく》（黄蓋の字）が降ってくるのは、天の助けというものじゃ」

と言ううちにも、船はしだいに近づいてくる。

この様子をしばらくじっと見ていた程昱が曹操に告げた。

「こちらへやってくる船は敵の罠に間違いございませぬ。陣へ近づけてはなりませぬ」

「どうしてそれが分かるのじゃ」

「兵糧が積まれてあるならば、船足は重いはず。ところが、あの船を見まするに、軽々と浮かんでおりまする。しかも、今夜はこの激しい東南の風。もし敵の企みであったら、どうして防ぐことができましょうぞ」

曹操は、はっと気づいて、

「誰ぞ、あれを止めに行く者はおらぬか」

すると文聘《ぶんぺい》が、

「それがし、水には慣れておりますゆえ、参りとう存じまする」

と言うなり、小船に飛び移った。そして手を振って指図をすると、見回りの船十数隻が文聘の後に従って漕ぎだした。

聘立於船頭、大叫、「丞相鈞旨。南船且休近寨、就江心抛住。」衆軍齊喝、「快

下了篷。」言未絶、弓絃響處、文聘被箭射中左臂、倒在船中。船上大亂、各自奔回。南船距操寨止隔二里水面。黄蓋用刀一招、前船一齊發火。火趁風威、風助火勢、船如箭發、煙焰漲天。二十隻火船、撞入水寨。曹寨中船隻一時盡着、又被鐵環鎖住、無處逃避。隔江砲響、四下火船齊到。但見三江面上、火逐風飛、一派通紅、漫天徹地。

舳先《へさき》に立った文聘が大声を張り上げる。

「丞相殿の仰せなるぞ。南軍の船、陣に近寄ってはならぬ。江の真ん中に止まれ」

兵士たちも声を揃えて、「早く帆を下ろせ」と怒鳴り立てる。

その声の終わらぬうち、弓絃の音がひとたび響くや、文聘は左の腕に矢を突き立てられて、船中にどっと倒れこんだ。船上は大騒ぎとなり、みな先を争って逃げ帰った。

南軍の船は曹操の陣の手前わずか二里にまで近づいた。この時黄蓋が刀を一振りすると、前方の船が一斉に火を吹き上げた。火は風に乗り、風は火の勢いを助け、船は矢の如く突き進み、黒煙と赤い炎が天を覆った。

火船二十隻が水軍の陣へ突入した。曹操軍の船はあっと言う間に火がついた。が、鉄の鎖でしっかり繋ぎ止められているので、逃げようにも逃げられない。

そこへ江を隔てて砲の音が響き、四方から火船が押し寄せた。見れば、長江の川面には炎が風に煽られて渦巻き、天地を余すところなく真っ赤に染め上げていた。

水滸傳（第二十三回節録）

武松走了一直、酒力發作、焦熱起來。一隻手提着哨棒、一隻手把胸膛前袒開、浪浪蹌蹌、直奔過亂樹林來。見一塊光撻撻大青石、把那哨棒倚在一邊、放翻身體、卻待要睡、只見發起一陣狂風來。看那風時、但見、『無形無影透人懷、四季能吹萬物開。就樹撮將黃葉去、入山推出白雲來。』原來但凡世上雲生從龍、風生從虎。那一陣風過處、只聽得亂樹背後撲地一聲響、跳出一隻弔睛白額大蟲來。武松見了、叫聲、「呵呀。」從青石上翻將下來。便拿那條哨棒在手裏、閃在青石邊。

那箇大蟲又飢又渴、把兩隻爪在地下略按一按、和身望上一撲、從半空裏攛將下來。武松被那一驚、酒都做冷汗出了。說時遲、那時快。武松見大蟲撲來、只一閃、閃在大蟲背後。那大蟲背後看人最難、便把前爪搭在地下、把腰胯一掀、掀將起來。武松只一躲、躲在一邊。大蟲見掀他不着、吼一聲、卻似半天裏起箇霹靂、振得那山岡也動。把這鐵棒也似虎尾倒豎起來、只一剪、武松卻又閃在一邊。

原來那大蟲拿人、只是一撲、一掀、一剪。三般提不着時、氣性先自沒了一半。那大蟲又剪不着、再吼了一聲、一兜、兜將回來。武松見那大蟲復翻身回來、雙手輪起哨棒、盡平生氣力、只一棒、從半空劈將下來。只聽得一聲響、簌簌地將那樹連枝帶葉、劈臉打將下來。定睛看時、一棒劈不着大蟲。原來慌了、正打在枯樹上、把那條哨棒折做兩截、只拏得一半在手裏。

那大蟲咆哮、性發起來、翻身又只一撲、撲將來。武松又只一跳、卻退了十步遠。那大蟲卻好把兩隻前爪搭在武松面前。武松將半截棒丟在一邊、兩隻手就勢把大蟲頂花皮肐膊地揪住、一按按將下來。那隻大蟲急要掙扎、早沒了氣力。被武松儘氣力納定、那里肯放半點兒鬆寬。武松把隻脚望大蟲面門上、眼睛裏只顧亂踢。那大蟲咆哮起來、把身底下扒起兩堆黃泥、做了一個土坑。武松把那大蟲嘴直按下黃泥坑裏去。那大蟲吃武松奈何得沒了些氣力。武松把左手緊緊地揪住頂花皮、偷出右手來、提起鐵鎚般大小拳頭、儘平生之力、只顧打。打得五七十拳、那大蟲眼裏、口裏、鼻子裏、耳朶裏、都迸出鮮血來。那武松儘平昔神威、仗胸中武藝、半歇兒把大蟲打做一堆、卻似倘着一個錦布袋。

第二十講

戯曲

「感天動地竇娥寃」(『酹江集』)

概説　戯曲

中国における演劇の起源は古代の呪術的歌舞に求めることができる。古代の氏族社会において、農村の祭祀儀礼として始まり、階級社会に入ると帝王や貴族のための純粋な娯楽となり、専業の俳優も古くから現れる。唐代には、宮廷内の梨園において歌舞・音楽の教習が行われ、また問答形式で滑稽を演ずる参軍戯《さんぐんぎ》が生まれた。宋代に入ると、大都市の盛り場では、各種芸能と並んで、「雑劇《ざつげき》」と呼ばれる演劇が盛んに行われた。宋朝南渡後、北に残留した芸人たちが金の都燕山に集まって北方派の雑劇を継承し、これを「院本《いんぽん》」と呼んでいる。

元代の雑劇、すなわち元曲《げんきょく》は、金の院本や諸宮調《しょきゅうちょう》（語り物）を土台として、さらに民間の諸演芸を広く吸収して形成された本格的な演劇である。俳優の歌唱を軸として、台詞・しぐさ・立ち回りを組み合わせ、楽器を伴奏する。元の都大都《だいと》(今の北京)が中心となり、優れた劇作家を輩出した。蒙古族による異民族支配の下、漢民族は厳しい差別を受け、儒教倫理は弛緩し、科挙は停止した。知識人は伝統的な詩文によってその才能を発揮する道が閉ざされ、そうした文人たちの一部が劇作家となり、書会と呼ばれる同業者グループに属して「才人」と称され、演劇の脚本を書いた。作品は、観客である一般庶民の好みに合わせて創作されており、題材は、歴史・恋愛・裁判など多岐にわたる。

元曲の代表的な作品としては、若い寡婦が無実の罪で処刑され、その亡霊が父に冤を訴えて罪を晴らすという関漢卿《かんかんけい》の「竇娥冤《とうがえん》」、漢の王昭君の故事に基づいた馬致遠《ばちえん》の「漢宮秋《かんきゅうしゅう》」、白居易の「長恨歌」に基づいて玄宗皇帝と楊貴妃の故事を劇化した白樸《はくぼく》の「梧桐雨《ごどうう》」、唐代伝奇「鶯鶯伝」を母胎とする恋愛故事を扱う王《おう》実甫《じっぽ》の「西廂記《せいしょうき》」、唐代伝奇「離魂記」を改編した鄭光祖《ていこうそ》の「倩女離魂《せんじょりこん》」などがよく知られる。また、元曲に関する資料としては、作家の略伝や作品を記録している『録鬼簿《ろくきぼ》』（元・鍾嗣成《しょうしせい》撰）、百種の雑劇を収録している『元曲選』（明・臧懋循《ぞうぼうじゅん》撰）などがある。

元曲のように北方系の音楽・歌曲を基調とするものを「北曲」と呼ぶのに対して、南戯《なんぎ》のように南方系のそれを「南曲」と呼ぶ。南戯は、宋代において温州地方（浙江省）の民間演芸として簡単な脚本で演じられていた「温州雑劇」を継承したものであり、南宋の都臨安（今の杭州）で盛行した。元曲が四幕で構成され、主役のみが唱うのに対して、南戯では幕数に制限が無く、どの役柄の俳優でも唱うことができるなど、形式面で違いが見られる。元による統一後、北曲と南曲は互いに影響を与えながら発展するが、元末から明代に至って北曲が衰退に向かうと南曲が代わって興隆する。元末明初の高明《こうめい》の「琵琶記《びわき》」、明の湯顕祖《とうけんそ》の「牡丹《ぼたん》亭還魂記《ていかんこんき》」、清代では、洪昇《こうしょう》の「長生殿《ちょうせいでん》」、孔尚任《こうしょうじん》の「桃花扇《とうかせん》」などが名高い。明清の南曲は、「伝奇」とも呼ぶ。南曲の作者には著名な文人で高位高官に上った者が多く、戯曲は脚本として演じるばかりでなく、文学作品として鑑賞するものとなり、主題や言語表現の上に質的な変化がもたらされている。

一方、大衆の演劇においては、明から清にかけて、各地でそれぞれの土地の声腔（節回し）による劇種が形成され、それらが互いに交流・吸収を重ね、やがて京劇などの地方劇が生み出されていく。

竇娥冤（第三折節録）

關漢卿

〔劊子云〕你還有甚的說話、此時不對監斬大人說、幾時說那。〔正旦再跪科、云〕大人、如今是三伏天道、若竇娥委實冤枉、身死之後、天降三尺瑞雪、遮掩了竇娥屍首。〔監斬官云〕這等三伏天道、你便有衝天的怨氣、也召不得一片雪來、可不胡說。〔正旦唱〕

【二煞】你道是暑氣暄、不是那下雪天、豈不聞飛霜六月因鄒衍。若果有一腔怨氣噴如火、定要感的六出冰花滾似綿、免着我屍骸現。要什麼素車白馬、斷送出古陌荒阡。

〔首斬り人が言う〕まだ何か言い残すことはあるか。この時にお役人さまに申し上げておかんと、もう言う時はないぞ。〔女主役（竇《とう》娥《が》）再び跪いて言う〕お役人さま、今はこれ真夏の盛りでございますが、もしもこの竇娥が本当に無実でございますなら、この我が身みまかりましたのち、天より三尺の雪が降り積もり、我が屍をおおってくれましょう。

〔死刑執行官言う〕こんな真夏の盛りに、たとえそちの怨みが天を突くほどであろうとも、雪など一片《ひとひら》さえも呼べるものではないわ。でたらめを申すな。

〔女主役唱う〕

殿はのたまう炎暑のさなか
雪降る時節にあらずとやら
きみ聞かずやそのむかし
夏六月に霜の降りしは
かの鄒衍《すうえん》の怨みがためと
無念の炎噴き出でたれば
お天道さまを感ぜしめ
綿と舞わんや雪の花
積もらば屍もおおわれて
白木の車と白馬もて
荒れ野に葬る用もなし

〔正旦再跪科、云〕大人、我竇娥死的委實冤枉、從今以後、着這楚州亢旱三年。

〔監斬官云〕打嘴。那有這等說話。〔正旦唱〕

【一煞】你道是天公不可期、人心不可憐、不知皇天也肯從人願。做甚麽三年不見甘霖降、也只爲東海曾經孝婦冤。如今輪到你山陽縣、這都是官吏每無心正法、使百姓有口難言。

〔女主役再び跪いて言う〕お役人さま、この竇娥が本当に無実の罪で死ぬのでありましたならば、これからのち、ここ楚州は三年間の旱魃に遭いましょう。

〔死刑執行官言う〕大口をたたきよって。そんな馬鹿な話があるものか。
〔女主役唱う〕
殿はのたまう天は期すべからず
人の心は憐れむべからずとやら
知らずや天をも動かす情念ありしを

東海に三年恵みの雨なきは
かの孝行嫁の怨みがため
今や巡りきたるは山陽県
お上に法を正す意なくんば
民は怨みをのべるすべなし

〔劊子做磨旗科、云〕怎麼這一會兒天色陰了也。〔內做風科、劊子云〕好冷風也。

〔正旦唱〕

【煞尾】浮雲爲我陰、悲風爲我旋、三椿兒誓願明題徧。〔做哭科、云〕婆婆也、直等待雪飛六月、亢旱三年呵、〔唱〕那其間纔把你個屈死的冤魂這竇娥顯。

〔劊子做開刀、正旦倒科〕〔監斬官驚云〕呀、眞箇下雪了、有這等異事。〔劊子云〕我也道平日殺人、滿地都是鮮血、這個竇娥的血都飛在那丈二白練上、並無半點落地、委實奇怪。

〔首斬り人が旗を振って言う〕どうしたことだ。急に空が曇ってきたぞ。

〔舞台裏で風の音。首斬り人が言う〕ああ、なんと冷たい風だ。

〔女主役唱う〕
浮雲わがために天をおおい
悲風わがために吹きすさぶ
三つの誓いしかとのべたり
〔泣いて言う〕婆さまや、真夏に雪が舞い降りて、
旱魃三年続いたならば、
〔唱う〕
その時こそはわが幽魂
ゆえなき罪の証を立てん

〔首斬り人が刀を振り、女主役が倒れる〕
〔死刑執行官が驚いて言う〕ややっ、本当に雪が降ってきた。こんな奇妙なことがあろうとは。
〔首斬り人が言う〕わしがこれまで首を斬ってきた時には、いつもあたり一面血の海になるものじゃ。この竇娥の血ときたら、すっかり一丈二尺の白絹に飛び散って、一滴たりとも地面に落ちてこんとは。実に不思議じゃ。

補充作品

牡丹亭還魂記（第十齣「驚夢」節録）　湯顕祖

【山坡羊】〔旦〕沒亂裏春情難遣、驀地裏懷人幽怨。則爲俺生小嬋娟、揀名門一例一例裏神仙眷。甚良緣、把青春拋的遠。俺的睡情誰見、則索因循靦腆。想幽夢誰邊、和春光暗流轉。遷延、這衷懷那處言。淹煎、潑殘生除問天。身子困乏了、且自隱几而眠。〔睡介〕〔夢生介〕〔生持柳技上〕鶯逢日暖歌聲滑、人遇風晴笑口開。

一徑落花隨水入、今朝阮肇到天臺。小生順路兒跟著杜小姐回來、怎生不見。〔回看介〕呀、小姐、小姐。〔旦作驚起介〕〔相見介〕〔生〕小生那一處不尋訪杜小姐來、卻在這裏。〔旦作斜視不語介〕〔生〕恰好花園內、折取垂柳半枝。姐姐、你既淹通書史、可作詩以賞此柳枝乎。〔旦作驚喜欲言又止介〕〔背想〕這生素昧平生、何因到此。〔生笑介〕小姐、咱愛殺你哩。

【山桃紅】則爲你如花美眷、似水流年。是答兒閒尋遍、在幽閨自憐。小姐、和你那答兒講話去。〔旦作含笑不行〕〔生作牽衣介〕〔旦低問〕那邊去。〔生〕轉過這芍藥欄前、緊靠著湖山石邊。〔旦低問〕秀才、去怎的。〔生低答〕和你把領扣鬆、衣帶寬、袖稍兒搵著牙兒苫也。則待你忍耐溫存一晌眠。〔旦作羞〕〔生前抱〕〔旦推介〕〔合〕是那處曾相見、相看儼然。早難道這好處相逢無一言。〔生强抱旦下〕

補講

古典詩の形式

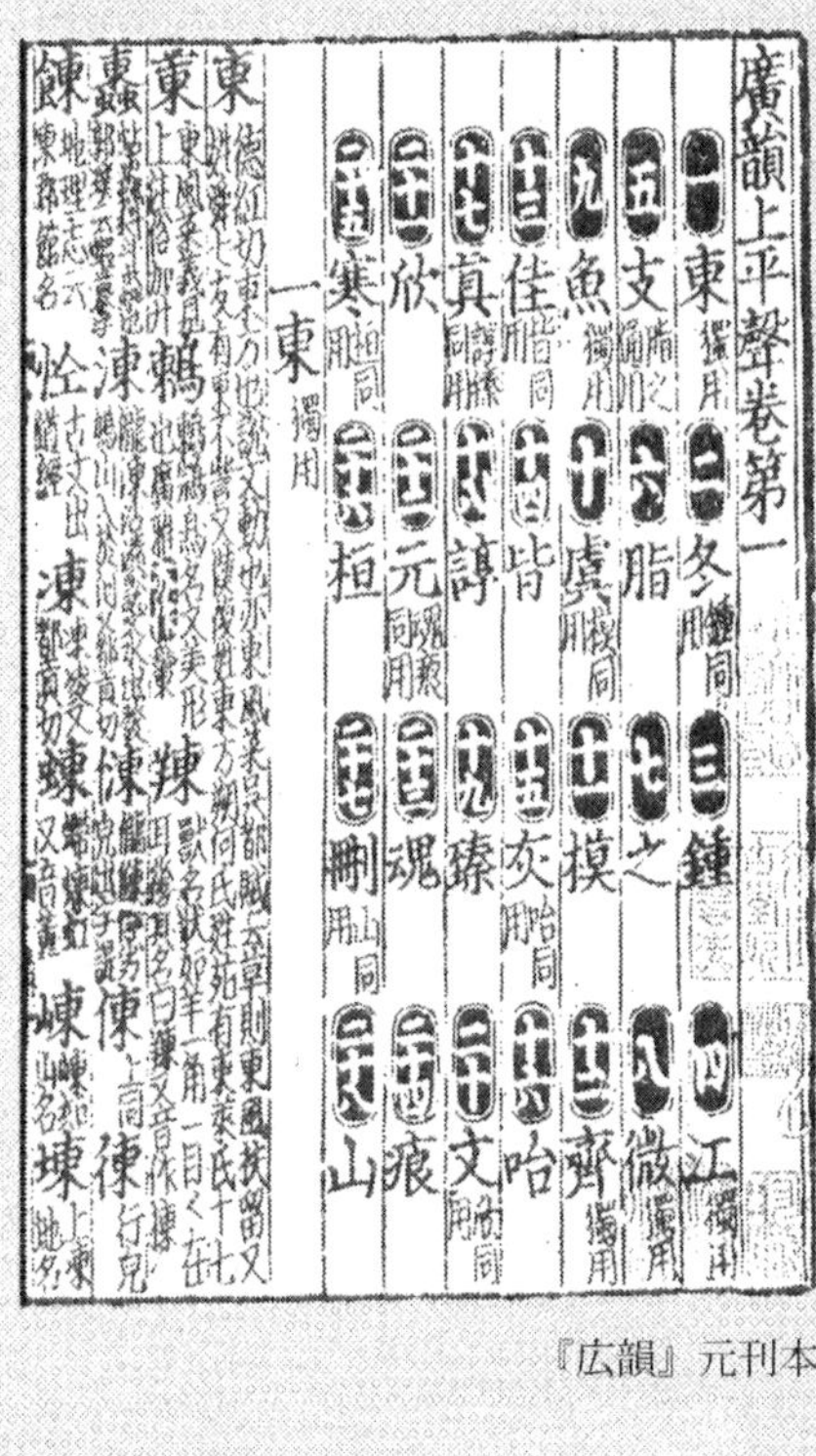

廣韻上平聲卷第一

一東 獨用　二冬 鍾同用　三鍾　四江 獨用

五支 脂之同用　六脂　七之　八微 獨用

九魚 獨用　十虞 模同用　十一模　十二齊 獨用

十三佳 皆同用　十四皆　十五灰 咍同用　十六咍

十七真 諄臻同用　十八諄　十九臻　二十文 欣同用

二十一欣　二十二元 魂痕同用　二十三魂　二十四痕

二十五寒 桓同用　二十六桓　二十七刪 山同用　二十八山

一東 獨用

『広韻』元刊本

概説　古典詩の形式

古典詩の類別

中国の古典詩は、大きく古体詩《こたいし》と近体詩《きんたいし》とに分けられる。この区別は唐代になってから言い出されたものであり、近体詩は今体詩ともいい、唐代における新しい形式の詩という意味で、唐代に確立された詩の規則に合致したものをいう。これに対して、唐代以前の詩を総称して古体詩と呼ぶ。但し、唐代以後は近体詩のみが作られたわけではなく、近体詩の規則にのっとらない古体の形式の詩も歌われ続けており、これも同じく古体詩と称している。つまり、唐代以後は、近体詩と古体詩が並存し、形式上のバリエーションが増えたことになる。

古体詩は平仄《ひょうそく》の規則に縛られず、句数の制限がなく、押韻《おういん》の規則もゆるやかで、近体詩に比べて形式的に自由な詩である。古体詩は、一句の字数が一定している斉言のものとそうでない雑言のものとに分けられる。斉言の古詩は、一句五言からなる五言古詩と七言からなる七言古詩を主とする。このほかに四言のものもあるが、五言詩が上二語に下三語、七言詩がこの上にさらに二語を加えて、二語・二語・三語で構成されて、語調がよいのに比べて、四言詩は上二語と下二語で、変化に乏しく、『詩経』の後は作例が少ない。雑言の例は、楽府《がふ》の多くがそうであり、長短さまざまな句で構成される。

近体詩は、句数によって、絶句《ぜっく》・律詩《りっし》・排律《はいりつ》に分けられる。絶句は四句、律詩は八句から成る。排律（長律ともいう）は、十句以上で構成される。但し、句の総数は必ず偶数で、しかも通常は八句に四句を足していった数（十二句・十六句・二十句…）となることが多い。一句の字数は、絶句・律詩・排律いずれも五言または七言に限られる。したがって、五言絶句・七言絶句・五言律詩・七言律詩・五言排律・七言排律の六種類に分類される。近体詩においては、こうした句数・字数の制限のほか、後に述べるように、平仄・押韻などの形式面において厳格な規則がある。

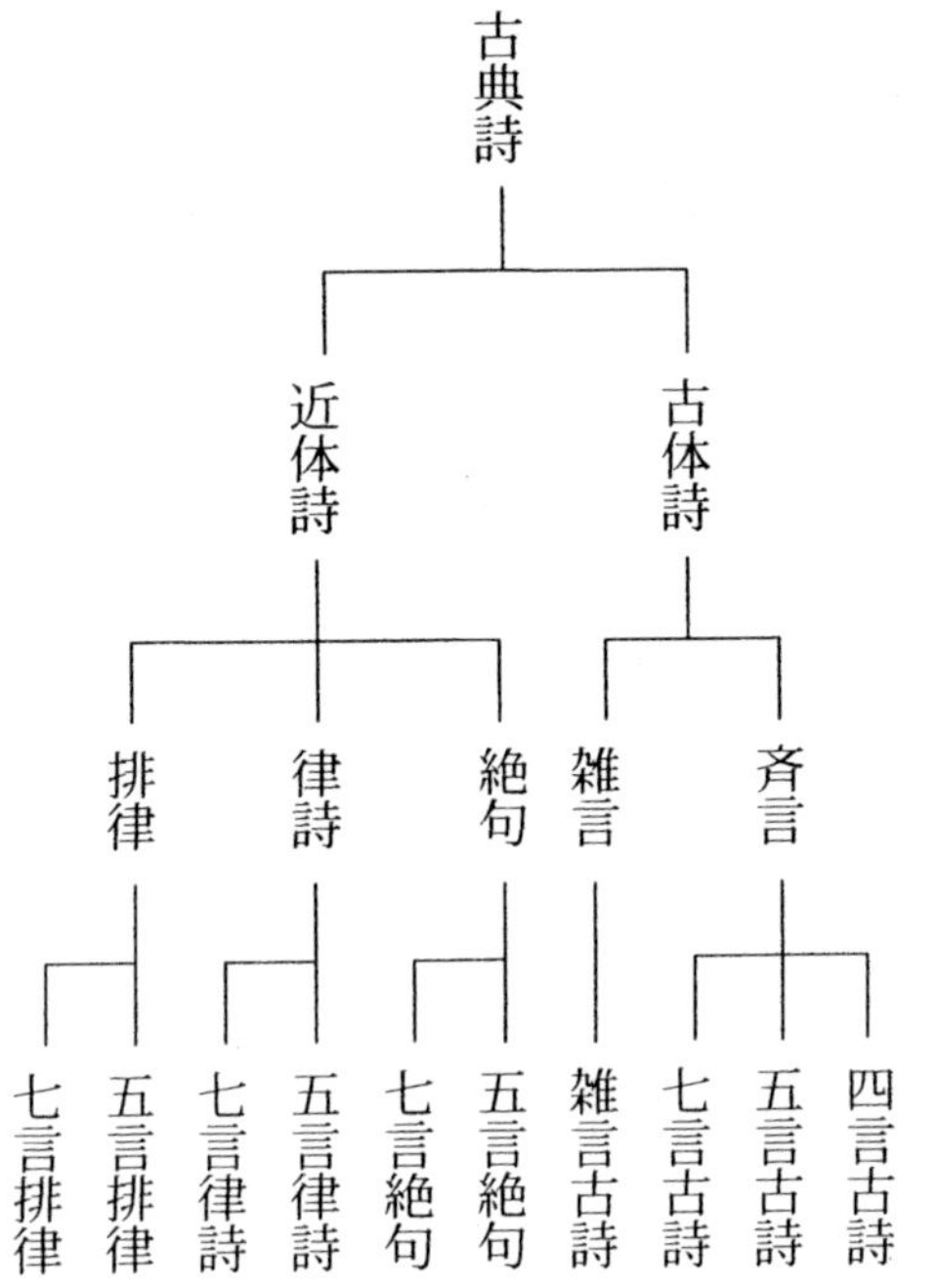

平仄と押韻

詩はもともと声に出して歌うものである。したがって、朗誦した時に調子のよい韻律の美しさが要求される。その際に重視されるのが、平仄と押韻である。

［平仄］

中国語は単音節語と呼ばれ、一語すなわち漢字一文字が一音節からなり、その一音節には必ず声調が伴う。声調とは、音の高低の調子のことで、「平・上・去・入」の四つに分類されるので四声《しせい》と言う。四声の声調は時代につれて変化しているので、古い各々の時代に実際どう発音されていたかは推定によるしかないが、大体のところ、平声《ひょうしょう》は高低の変化のない平らなもの、上声《じょうしょう》は語尾の上がるもの、去声《きょしょう》は語尾の下がるもの、入声《にっしょう》は短くつまるものである。この四声のうち、上・去・入の三声をまとめて仄と言い、平声と合わせて平仄と言う。仄は、傾くという意味であり、平坦な調子でないのでこう呼ばれる。

詩の調子（リズム）をよくするためには、平仄をうまく排列することが重要とされる。仮に平声ばかりが続けば単調になり、入声ばかりでは歌いにくい。近体詩においては、平声と仄声を適当に組み合わせることによって、詩の韻律を整えようとしたのである。

［押韻］

詩には様々な詩型があるが、その全てについて共通する条件は、押韻することである。詩ではなく文に分類されるものでも、辞賦などは一種の韻文であり、やはり押韻する。

押韻とは、一定の箇所を同じ響きにすることである。詩の押韻は、原則として脚韻を踏む。すなわち、一定の句の句末に同じ韻母の文字を置き、そうすることによって各々の句末の響きを揃えて音調を整える。韻母とは、音節の中で声母と呼ぶ語頭の子音を除いたもの、すなわち母音を中心とした部分と考えればよい。押韻させるためには、韻母が同じ声調でなければならない。

漢字を韻ごとに分類し、同じ韻に属する文字を集めて整理した作詩の参考書を韻書《いんしょ》と呼ぶ。韻書では、例えば、「東・同・終・風・公・紅」などが、すべて韻母が ung で平声の文字、すなわち同じ韻に属し、互いに押韻できる文字として一つのグループにまとめられている。同じ ung の音でも、「送・鳳・貢・棟・洞・衆」などは去声であり、別のグループとして扱われる。なお、平声に属する文字が特に多いので、韻書では上平・下平に分けているが、これは便宜上の区別であって、音韻上の相違はない。

現存する最古の韻書は、隋代の『切韻《せついん》』である。これに改訂増補が加わり、宋代に至って『広韻《こういん》』が刊行された。ところで、韻の分類が細かいと一つのグループに属する漢字の数がそれだけ少なくなり、したがって押韻に使用できる文字が限られるわけであるから、詩が作りにくい。『広韻』は二百六のグループに分類されているが、比較的発音が近いグループの間では押韻の際に通用が許されるものがある。やがて、それらが併合され、金の平陽（別称平水、今の山西省内）で刊行された韻書では、百七韻とし、さらに元代には百六韻に修正された。これを「平水韻《へいすいいん》」と呼んでいる。

近体詩の規則

近体詩について、平仄と押韻を中心に、さらに具体的にその形式上の規則を見ていくことにしよう。杜甫の七言律詩「登高」を実例として挙げる。（○は平声、●は仄声を表す。）

登高

風急天高猿嘯哀
渚清沙白鳥飛迴
無邊落木蕭蕭下
不盡長江袞袞來
萬里悲秋常作客
百年多病獨登臺
艱難苦恨繁霜鬢
潦倒新停濁酒杯

登高《とうこう》

杜甫

風急《かぜきゅう》に天高《てんたか》くして　猿嘯《えんしょう》哀《かな》し
渚《なぎさ》清《きよ》く沙《すな》白《しろ》くして　鳥飛《ちょうひ》迴《めぐ》る
無辺《むへん》の落木《らくぼく》　蕭蕭《しょうしょう》として下《くだ》り
不尽《ふじん》の長江《ちょうこう》　袞袞《こんこん》として来《きた》る
万里《ばんり》　悲秋《ひしゅう》　常《つね》に客《かく》と作《な》り
百年《ひゃくねん》　多病《たびょう》　独《ひと》り台《だい》に登《のぼ》る
艱難《かんなん》　苦《はなは》だ恨《うら》む　繁霜《はんそう》の鬢《びん》
潦倒《ろうとう》　新《あら》たに停《とど》む　濁酒《だくしゅ》の杯《はい》

○●○○○●○
●○○●●○○
○○●●○○●
●●○○●●○
●●○○○●●
●○○●●○○
○○●●○○●
●●○○●●○

［二四不同・二六対］

近体詩では、一句の中の偶数番目の文字に厳格な平仄の規則が適用される。すなわち、五言詩ならば第二字と第四字、七言詩ならばさらに第六字について、第二字と第四字は平仄を逆にし、第六字は第四字と平仄が逆、つまり第二字と同じにしなければならない。したがって、仮に第二字が平声なら、第四字は仄声、第六字は平声となる。この規則を「二四不同・二六対《つい》」という。「登高」詩の例で見れば、第一句の第二字「急」が仄声であるので、第四字「高」は平声、第六字「嘯」は仄声となる。以下の句についても同様の規則が適用される。

［反法・粘法］

仮に七言詩の第一句において、第二・四・六字の平仄を「仄・平・仄」とした場合、第二句はこれと正反対に、「平・仄・平」としなければならない。つまり、二句を一セットとして、その中の前の句と後の句（絶句ならば、第一句と第二句、第三句と第四句、律詩ならば、さらに第五句と第六句、第七句と第八句）は、偶数番目の文字の平仄が反対にならなければならない。これを「反法《はんぽう》」という。

そして今度は、第二句が「平・仄・平」であれば、第三句は同じく「平・仄・平」としなければならない。つまり、上記の二句一セットにおいて、各セットの後の句とその次のセットの前の句（絶句ならば、第二句と第三句、律詩ならば、さらに第四句と第五句、第六句と第七句）は、偶数番目の文字の平仄が一致していなければならない。これを「粘法《ねんぽう》」という。五言詩の場合も、第二・四字について同様の規則が通用される。

［平起・仄起］

以上の規則に正しく従えば、近体詩のいかなる詩型においても、第一句の第二字の平仄さえ決まれば、あとは第一句から最終句まで、偶数番目の文字の平仄は自動的にすべて決定されることになる。第一句の第二字が平声であるものを「平起式《ひょうきしき》」、仄声であるものを「仄起式《そっきしき》」という。「登高」詩は、仄起式の例である。

［孤平・平三連］

一句の中で、平声の文字が、その上下を仄声の文字にはさまれること、つまり、「仄平仄」の形になることを「孤平《こひょう》」（または「はさみ平」）といい、避けるべきとされる。また、一句の最後の三字について、「平平平」または「仄仄仄」のように、すべて同じ平仄の文字を並べることを「下三連《かさんれん》」といい、特に、平声の場合を「平三連」（または「下三平」）といい、強く禁止される。

［押韻法］

近体詩では、偶数番目の句末で必ず押韻する。但し、七言詩では、通常、第一句の句末でも押韻する。仄韻でもよいが、実際には、平韻で押韻する場合が多い。押韻しない句の句末の文字は、押韻する句と平仄が逆でなければならない。また、古体詩のように途中で韻を換える「換韻《かんいん》」は許されず、一つの詩においては、必ず始めから終わりまで同一の韻を用いる。これを「一韻到底《いちいんとうてい》」という。「登高」詩では、第一・二・四・六・八句の句末の文字「哀・迴・來・臺・杯」が、いずれも韻母がaiの平声で押韻する。

〔対句〕

律詩と排律においては、修辞上の決まりとして、「対句」の規則がある。対句とは、特定の二句が語法的に同一の構造を持ち、しかも双方の同じ位置にある文字ないし語句が意味内容的に相対応することをいう。律詩は、八句を二句ずつに分けて、順に「首聯《しゅれん》・頷聯《がんれん》・頸聯《けいれん》・尾聯《びれん》」と呼ぶ。この中で、頷聯と頸聯は、それぞれ必ず対句構成をとらなければならない。首聯と尾聯は、対句にしてもしなくてもよい。「登高」詩は、頷聯と頸聯はもちろんのこと、首聯と尾聯も対句になっている。このように、詩全体が対句構成になっているものを「全句対」という。排律は、同様に、最初と最後の各二句を除き、中間の句は、それぞれ二句ずつ必ず対句になっていなければならない。

〔起承転結〕

絶句は、四句を順に「起句《きく》・承句《しょうく》・転句《てんく》・結句《けっく》」と呼ぶ。起句で歌い起こし、承句がそれを受けて展開し、転句で一転して焦点を変え、結句で全体を結ぶという構成をとる。これを「起承転結」という。律詩の場合も、四聯の展開は、通常、これと同様になる。

中国古典文学関連年表

▼先史時代
三皇（伏羲・神農・黄帝）
五帝（少昊・顓頊・帝嚳・堯・舜）
禹、夏王朝を立てる。

▼殷（前約一六〇〇～前約一〇二〇）
紀元前一六〇〇頃　湯王、夏の桀王を倒して即位。
前一五〇〇頃　甲骨文字が作られる。
前一〇五〇頃　昌（周文王）、西伯と称す。

▼西周（前約一〇二〇～前七七〇）
前一〇二〇頃　武王、殷の紂王を討つ。周王朝を立て、縞京に都す。成王即位。周公・召公、摂政となる。
前七七〇　幽王、犬戎に殺さる。

▼東周（前七七〇～前二五六）
＊春秋時代（前七七〇～前四〇三）
＊戦国時代（前四〇三～前二二一）
前七七〇　平王、洛邑に遷都す。
春秋五覇の抗争（斉の桓公・晋の文公・楚の荘公・宋の襄公・秦の穆公）。
前七二二　『春秋』の記事、この年より始まる。
前七〇〇頃　『易経』成る。
前六〇〇頃　『書経』成る。
前六〇〇頃　『詩経』成る。
老子（？）『老子』
孔子（前五五二～前四七九）『論語』
呉越の興亡。
前四〇三　晋三分し、韓・魏・趙、諸侯に列す。
戦国七雄の抗争（斉・楚・燕・韓・魏・趙・秦）。
墨子（前四六八？～前三九〇？）『墨子』
孟子（前三七二～前二八九）『孟子』
荘子（前三六九？～前二八九？）『荘子』
屈原（前三四三～前二七七）『楚辞』

荀子（前三一三?～前二三八?）『荀子』
韓非（?～前二三三）『韓非子』
前二五六　秦、周を滅ぼす。

▼秦（前二二一～前二〇六）
前二二一　秦王政（始皇帝）、天下を統一す。
李斯（?～前二〇八）
前二一三～前二一二　焚書坑儒。
前二〇九　陳勝・呉広の乱。
前二〇七　趙高、胡亥（二世皇帝）を殺し、子嬰を立つ。
前二〇六　子嬰、劉邦（漢高祖）に降り、秦滅ぶ。

▼前漢（前二〇六～後八）
前二〇六　鴻門の会。項羽、自立して西楚の覇王と称し、劉邦を漢中王に封ず。
前二〇二　劉邦、項羽を垓下に破る。
前一四〇　武帝即位。
楽府の設置。
賈誼（前二〇一～前一六九）

枚乗（?～前一四〇）
司馬相如（前一七九?～前一一七）
前一三六　五経博士を置き、儒教を国教と定める。
司馬遷（前一四五～前八六）『史記』
劉向（前七七～前六）
揚雄（前五三～一八）
紀元八　王莽、帝位を奪い、国を新と号す。

▼後漢（二五～二二〇）
二五　劉秀（光武帝）、漢室を再興し、洛陽に都す。
六七　仏教伝来。
班固（三二～九二）『漢書』
張衡（七八～一三九）
一〇〇　許慎『説文解字』成る。
一〇五　蔡倫、紙を発明。
鄭玄（一二七～二〇〇）
一八四　黄巾の乱。
一九〇　董卓、洛陽を焼き、長安に遷都す。
二〇八　赤壁の戦い。

曹操（一五五〜二二〇）、魏王を称す。
建安の七子
孔融（一五三〜二〇八）
王粲（一七七〜二一七）

▼三国時代（二二〇〜二八〇）
＊魏（二二〇〜二六五）
＊蜀（二二一〜二六三）
＊呉（二二二〜二八〇）
二二〇　曹丕（文帝　一八七〜二二六）、献帝を廃して即位し、国を魏と称し、洛陽に都す。
二二一　劉備、即位し、国を蜀漢と称し、成都に都す。
二二九　孫権、即位し、国を呉と称し、建業に都す。
諸葛亮（一八一〜二三四）
曹植（一九二〜二三二）
竹林の七賢。清談の流行。
阮籍（二一〇〜二六三）
嵇康（二二三〜二六二）

二四九　司馬懿、曹爽を殺し、政権を握る。

▼西晋（二六五〜三一六）
二六五　司馬炎、魏の帝位を奪う。
二八〇　司馬炎（武帝）、天下を統一し、洛陽に都す。
陳寿（二三三〜二九七）『三国志』
潘岳（二四七〜三〇〇）
左思（二五〇？〜三〇五？）
陸機（二六一〜三〇三）
三〇四　五胡十六国の乱起こる。

▼東晋（三一七〜四二〇）
三一七　司馬睿、晋王を称す。
三一八　司馬睿（元帝）、即位し、建業に遷都す。
干宝（？）『捜神記』
葛洪（二八四〜三六三）『抱朴子』
王羲之（三〇三〜三七九）
陶淵明（三六五〜四二七）

▼南北朝時代（四二〇〜五八九）
＊宋（四二〇〜四七九）
＊斉（四七九〜五〇二）
＊梁（五〇二〜五五七）
＊陳（五五七〜五八九）
＊北魏・東魏・西魏・北斉・北周
四二〇　劉裕（武帝）、即位し、国を宋と称し、
建康に都す。
謝霊運（三八五〜四三三）
劉義慶（四〇三〜四四四）『世説新語』
鮑照（四〇五〜四五〇）
竟陵の八友
沈約（四四一〜五一三）
謝朓（四六四〜四九九）
劉勰（四六五？〜五二〇？）『文心彫龍』
鍾嶸（四六九〜五一八）『詩品』
蕭統（昭明太子　五〇一〜五三一）『文選』
蕭綱（簡文帝　五〇三〜五五一）
徐陵（五〇七〜五八三）『玉台新詠』
庾信（五一三〜五八一）

▼隋（五八九〜六一八）
五八九　楊堅（文帝）、南北を統一し、長安に都す。
五九八　科挙制度を実施。
六〇一　陸法言『切韻』成る。

▼唐（六一八〜九〇七）
［初唐］
六一八　李淵（高祖）、即位し、長安に都す。
六二六　李世民（太宗）、即位。貞観の治。
初唐の四傑
盧照鄰（六四〇？〜六八〇？）
駱賓王（六四〇？〜六八四）
王勃（六四八〜六七五）
楊炯（六五〇〜六九二）
六九〇　則天武后、即位し、国を周と称す。
杜審言（六四五？〜七〇八？）
宋之問（六五六〜七一二）
沈佺期（六五六〜七一四）
陳子昂（六五六〜六九五）

［盛唐］
七一二　李隆基（玄宗）、即位。開元の治。
王翰（六八七？〜七二六？）
王之渙（六八八〜七四二）
孟浩然（六八九〜七四〇）
王昌齢（六九八〜七五九）
王維（七〇一〜七六一）
李白（七〇一〜七六二）
高適（七〇二〜七六五）
杜甫（七一二〜七七〇）
岑参（七一五？〜七七〇？）
七五五　安史の乱起こる。
七五六　玄宗、蜀に逃る。粛宗即位。
［中唐］
銭起（七二二〜七八〇）
韋応物（七三七〜七九〇）
孟郊（七五一〜八一四）
韓愈（七六八〜八二四）
劉禹錫（七七二〜八四二）
白居易（七七二〜八四六）
柳宗元（七七三〜八一九）
元稹（七七九〜八三一）
賈島（七七九〜八四三）
李賀（七九〇〜八一七）
［晩唐］
杜牧（八〇三〜八五二）
温庭筠（八一二〜八七〇）
李商隠（八一三〜八五八）
八七五　黄巣の乱起こる。

▼五代（九〇七〜九六〇）
＊後梁・後唐・後晋・後漢・後周
九〇七　朱全忠、唐を滅ぼして即位。国を梁と称し、汴に都す。
五代十国の興亡。

▼北宋（九六〇〜一一二七）
九六〇　趙匡胤（太祖）、即位し、汴に都す。
九八一　『太平広記』成る。
九八二　『文苑英華』成る。

九八三　『太平御覧』成る。
楊億（九七四～一〇二〇）
梅堯臣（一〇〇二～一〇六〇）
欧陽脩（一〇〇七～一〇七二）
蘇舜欽（一〇〇八～一〇四八）
蘇洵（一〇〇九～一〇六六）
周敦頤（一〇一七～一〇七三）
曾鞏（一〇一九～一〇八三）
司馬光（一〇一九～一〇八六）『資治通鑑』
王安石（一〇二一～一〇八六）
蘇軾（一〇三六～一一〇一）
蘇轍（一〇三九～一一一二）
黄庭堅（一〇四五～一一〇五）
周邦彦（一〇五六～一一二一）
一一一五　女真、国を金と号す。
一一二六　金軍により汴京陥落。

▼南宋（一一二七～一二七九）
一一二七　徽宗・欽宗、金軍に捕らえられ、北宋滅ぶ。高宗、即位し、臨安に都す。

李清照（一〇八四～一一五一？）
洪邁（一一二三～一二〇二）『夷堅志』
陸游（一一二五～一二一〇）
范成大（一一二六～一一九三）
楊万里（一一二七～一二〇六）
朱熹（一一三〇～一二〇〇）朱子学
辛棄疾（一一四〇～一二〇七）
金・元好問（一一九〇～一二五七）
文天祥（一二三六～一二八二）
一二七一　蒙古、国号を元と改め、大都に都す。

▼元（一二七九～一三六八）
一二七九　忽必烈《フビライ》（世祖）、南宋を滅ぼし、中国を統一す。
一二九七頃　曾先之『十八史略』成る。
一三三五　科挙制度を廃止す。
雑劇の盛行。
　関漢卿「竇娥冤」
　馬致遠「漢宮秋」
　王実甫「西廂記」

高明「琵琶記」

▼明（一三六八〜一六四四）

一三六八　朱元璋（太祖）、元を滅ぼして即位し、金陵に都す。

高啓（一三三六〜一三七四）

一三八五　科挙制度復活。

一四〇七『永楽大典』成る。

一四二一　北京に遷都す。

瞿佑（一三四一〜一四二七）『剪灯新話』

王守仁（一四七二〜一五二八）陽明学

古文辞派

李夢陽（一四七五〜一五三一）

何景明（一四八三〜一五二一）

李攀龍（一五一四〜一五七〇）

王世貞（一五二六〜一五九〇）

帰有光（一五〇六〜一五七一）

李卓吾（一五二七〜一六〇二）

公安派

袁宏道（一五六八〜一六一〇）

四大奇書の刊行。

羅貫中『三国志演義』

施耐庵『水滸伝』

呉承恩『西遊記』

笑笑生『金瓶梅』

湯顕祖（一五五〇〜一六一七）「牡丹亭還魂記」

馮夢龍（一五七四〜一六四五）三言

凌濛初（一五八〇〜一六四四）二拍

一六四四　李自成、北京に侵入。崇禎帝自殺し、明滅ぶ。

▼清（一六四四〜一九一二）

一六四四　世祖（順治帝）、李自成を破り、中国に君臨し、北京に都す。

一六六二　明の永明王殺さる。鄭成功、台湾にて没。聖祖（康熙帝）、即位。

一六六三　文字の獄。

銭謙益（一五八二〜一六六四）

呉偉業（一六〇九〜一六七一）

李漁（一六一一〜一六七六？）

顧炎武（一六一三～一六八二）
王士禛（一六三四～一七一一）
蒲松齢（一六四〇～一七一五）『聊斎志異』
孔尚任（一六四八～一七〇八）「桃花扇」
洪昇（一六五九～一七〇四）「長生殿」
方苞（一六六八～一七四九）
沈徳潜（一六七三～一七六九）
呉敬梓（一七〇一～一七五四）『儒林外史』
袁枚（一七一六～一七九七）
曹雪芹（一七一九?～一七六二）『紅楼夢』

戴震（一七二三～一七七七）
紀昀（一七二四～一八〇五）
姚鼐（一七三一～一八一五）
一七八八　『四庫全書』成る。
一八四〇　アヘン戦争。
一八五〇　太平天国の乱。
一八九四　日清戦争。
一八九九　義和団の乱。
一九一一　辛亥革命。

①戦国時代

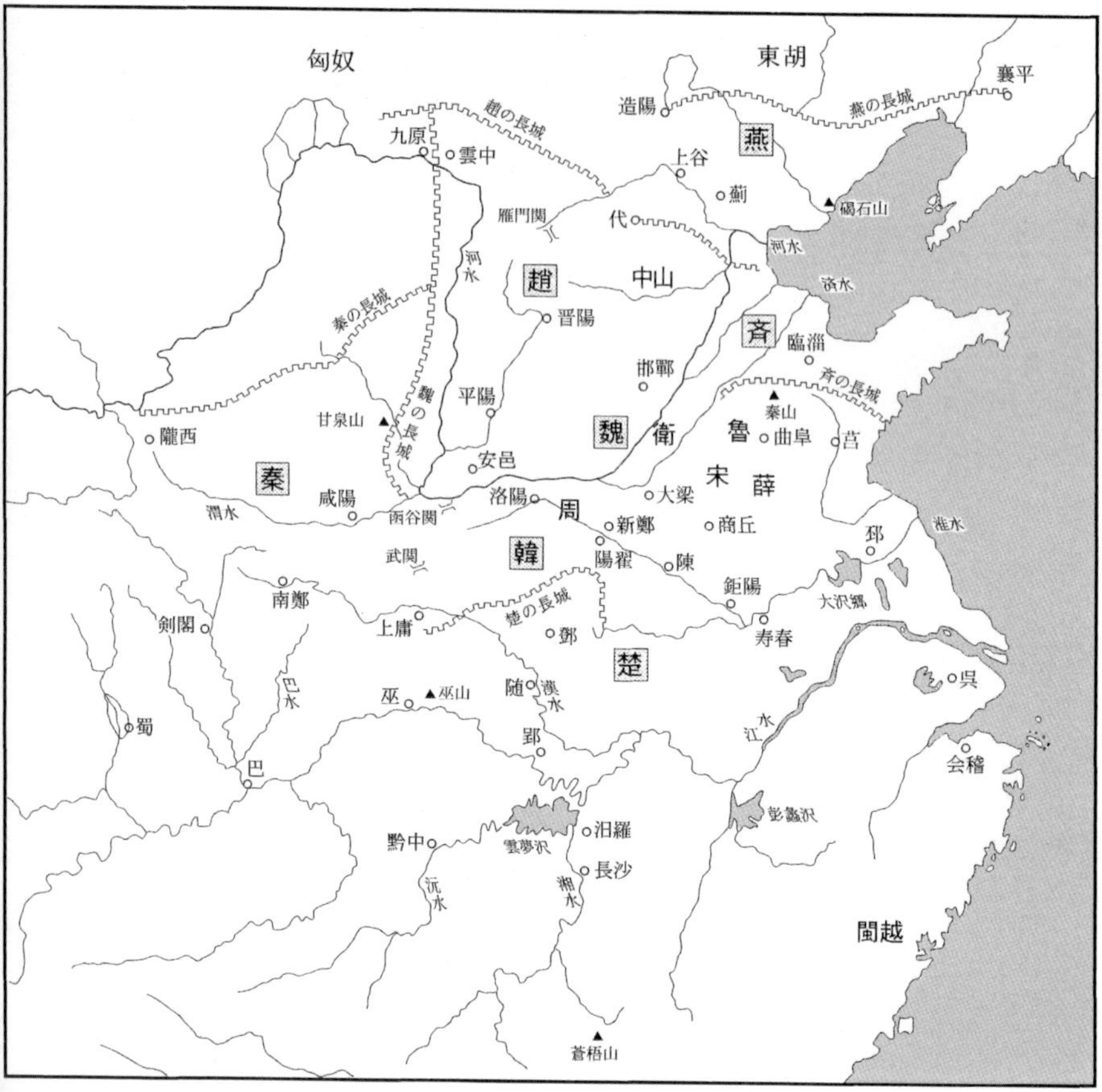
匈奴
東胡
襄平
燕の長城
造陽
趙の長城
燕
九原
雲中
上谷
薊
碣石山
雁門関
代
河水
河水
趙
中山
済水
秦の長城
晋陽
斉
臨淄
邯鄲
斉の長城
魏の長城
平陽
泰山
甘泉山
隴西
魏
衛
魯
曲阜
莒
安邑
秦
宋
薛
洛陽
大梁
咸陽
渭水
函谷関
周
新鄭
商丘
郯
淮水
韓
陽翟
武関
陳
南鄭
鉅陽
大沢郷
楚の長城
剣閣
上庸
鄧
寿春
楚
巴水
巫
巫山
随
漢水
呉
蜀
江水
郢
会稽
巴
黔中
汨羅
雲夢沢
彭蠡沢
長沙
沅水
湘水
閩越
蒼梧山

②三国時代

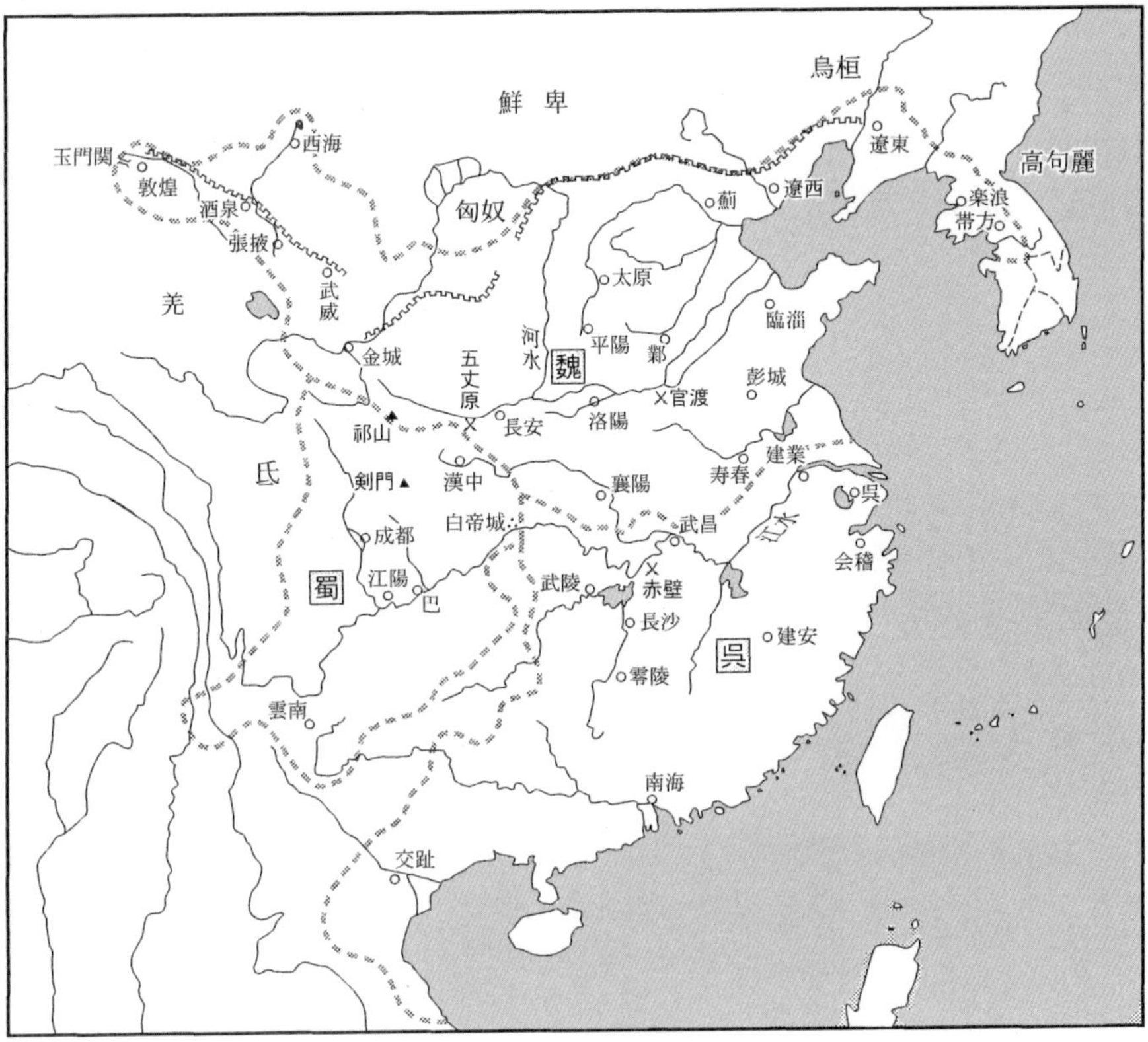

烏桓
鮮 卑
高句麗
西海
玉門関
敦煌
酒泉
張掖
遼東
遼西
薊
楽浪
帯方
匈奴
武威
羌
太原
臨淄
河水
平陽
鄴
金城
五丈原
魏
官渡
彭城
長安
洛陽
祁山
氐
剣門
漢中
寿春
建業
襄陽
呉
白帝城
武昌
成都
江水
会稽
蜀
江陽
巴
武陵
赤壁
長沙
建安
呉
零陵
雲南
南海
交趾

③李白関係地図

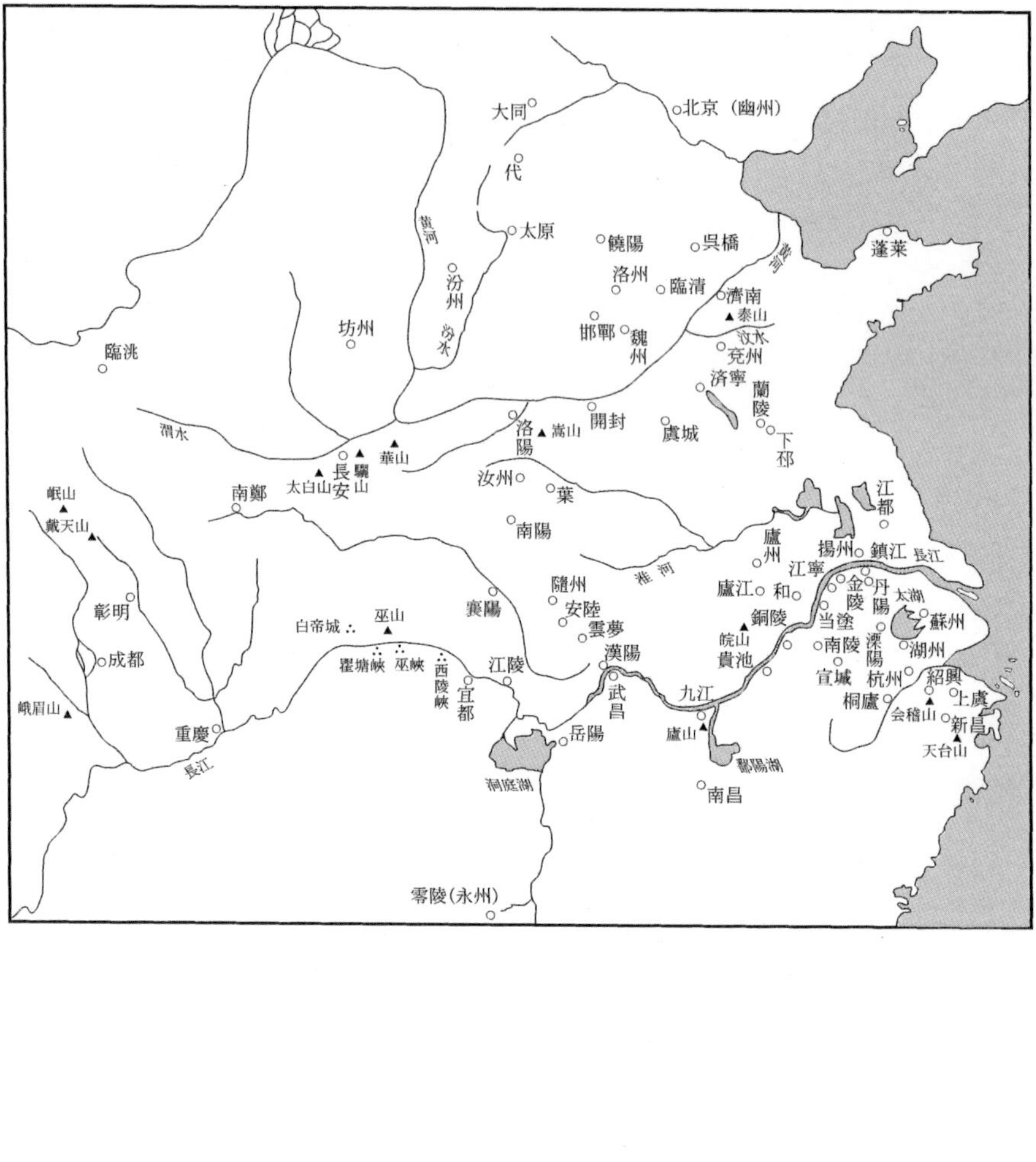
大同
北京（幽州）
代
黄河
太原
饒陽
呉橋
蓬莱
汾州
洛州
臨清
済南
泰山
坊州
汾水
邯鄲
魏州
汶水
兗州
臨洮
済寧
蘭陵
渭水
洛陽
嵩山
開封
虞城
下邳
華山
長安
驪山
太白山
岷山
南鄭
汝州
葉
江都
戴天山
南陽
廬州
揚州
鎮江
長江
淮河
江寧
隨州
彰明
廬江
和
金陵
丹陽
太湖
襄陽
安陸
巫山
白帝城
銅陵
当塗
蘇州
雲夢
皖山
成都
瞿塘峡
巫峡
西陵峡
江陵
漢陽
貴池
南陵
溧陽
湖州
宣城
杭州
紹興
宜都
武昌
九江
桐廬
上虞
峨眉山
重慶
岳陽
廬山
会稽山
新昌
長江
鄱陽湖
天台山
洞庭湖
南昌
零陵（永州）

④唐代の長安城

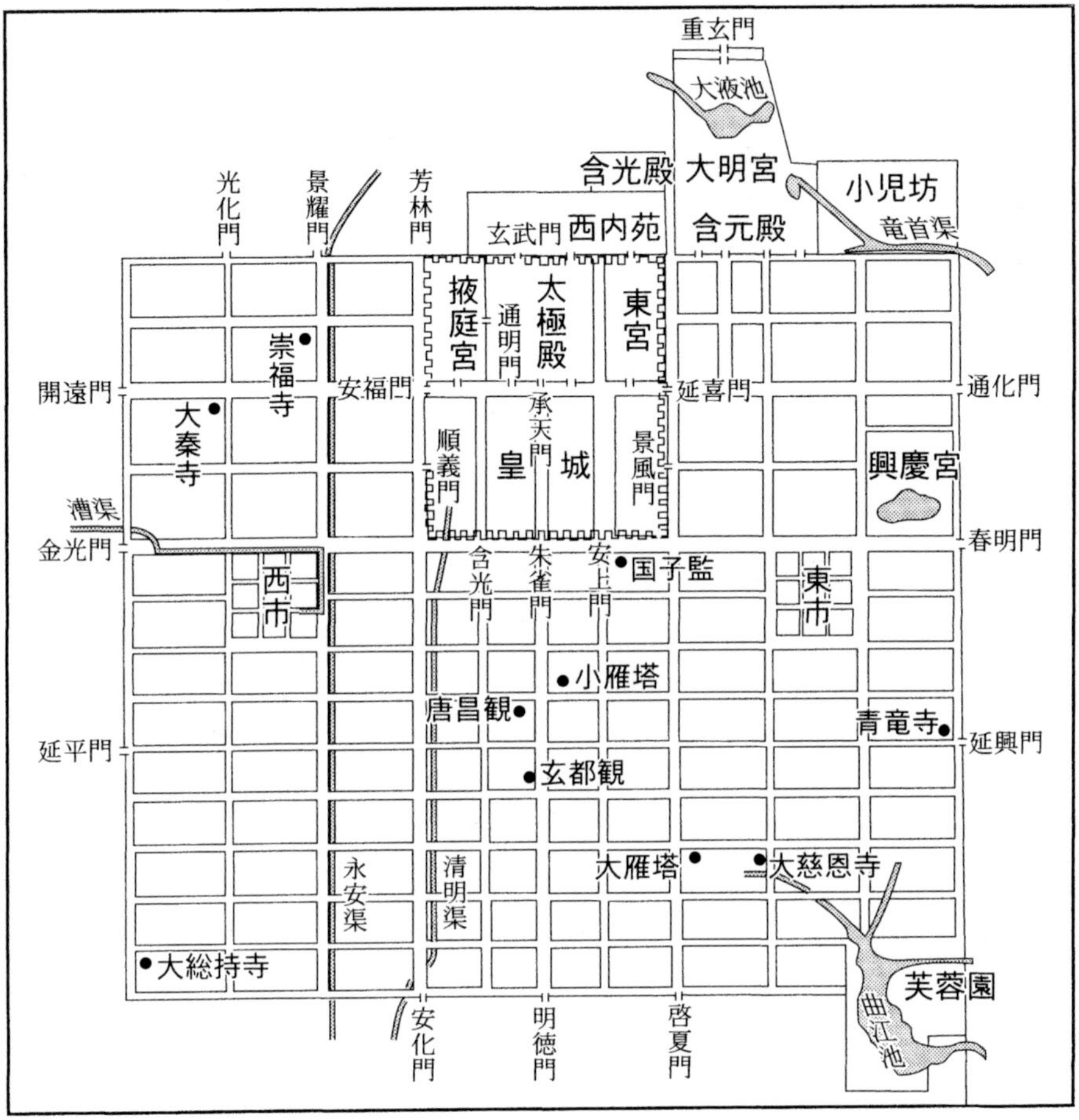

重玄門
大液池
含光殿
大明宮
小児坊
竜首渠
含元殿
西内苑
玄武門
光化門
景耀門
芳林門
掖庭宮
太極殿
東宮
通明門
崇福寺
大秦寺
開遠門
安福門
延喜門
通化門
承天門
順義門
皇
城
景風門
興慶宮
漕渠
金光門
含光門
朱雀門
安上門
国子監
西市
東市
小雁塔
唐昌観
青竜寺
延平門
延興門
玄都観
大雁塔
大慈恩寺
永安渠
清明渠
大総持寺
芙蓉園
曲江池
安化門
明徳門
啓夏門

研究課題

1 『詩経』と『楚辞』について、作品例に沿ってさまざまな観点から両者を比較しなさい。
2 陶淵明の詩風について、作者の経歴と思想との関わりの上で、作品例に沿って論述しなさい。
3 李白と杜甫の詩風について、同じテーマ・素材（例えば「酒」「月」）に着目して、両者を比較し論評しなさい。
4 杜甫の「春望」詩を例にとって、近体詩の規則（平仄・押韻など）を具体的に解説しなさい。
5 儒家と道家の思想における相違点について、複数の観点から具体例を挙げながら論述しなさい。
6 諸子百家の学説における性善説と性悪説の論拠を整理し、自分自身の考えを述べなさい。
7 秦漢興亡の時代の歴史的人物を二人取り上げ、『史記』の描写を材料として、それぞれの人物像を論評しなさい。
8 中国の小説の特質について、中国以外のもの（西欧・日本など）と比較して論述しなさい。
9 中国の演劇の特質について、中国以外のもの（西欧・日本など）と比較して論述しなさい。

八木章好（やぎあきよし）
元慶應義塾大学教授

中国古典文学二十講 ― 概説と作品選読 ―

2003年6月6日　初版印刷
2025年3月21日　17刷発行

編著者　八木章好
発行者　佐藤和幸
発行所　白　帝　社
〒171-0014　東京都豊島区池袋2-65-1
電話 03-3986-3271　FAX 03-3986-3272
https://www.hakuteisha.co.jp/

組版 柳葉コーポレーション　印刷・製本 大倉印刷(株)

Printed in Japan 〈検印省略〉6914　ISBN978-4-89174-603-2